唔哇啊啊啊啊啊啊啊啊啊啊啊啊啊啊！

沮喪的夜夜好可愛ーーーーーーーー！

真是會給人找麻煩……

聲優廣播的幕前幕後

#07 柚日咲芽玖瑠掩飾不了？

二月公

插畫／さばみぞれ

柚日咲
芽玖瑠
夜祭
花火
Alpheca
隊伍「貫索四」所向無敵？
SCENE #01

櫻並木
乙女
高橋
結衣

身為新人聲優的兩人究竟
要做什麼樣的節目呢？她們決
定了方向性，不斷進行特訓。
兩人步伐一致，為了主持
「感情要好又有趣的廣播」而
拚命努力。
並不是只能跟其他人搶椅
子，也是有讓其他人一展長才
的工作。如果是這種工作，她
很樂意去做——
於是，如芽玖瑠所願，節
目相當受歡迎，柚日咲芽玖瑠
被視為能言善道的聲優，備受
重視。

SCENE #02
芽玖瑠與花火的
我們是同期，有事嗎？

夕陽與夜澄的芽玖瑠三明治！
SCENE #03
「我要從後面來，失禮了。」

「——啊。」
（前有夜夜，後有夕姬……！）
「好～嘿咻。」

我們的前輩好像也解決了長年以來的煩惱呢。
誰會受到什麼樣的話語支撐，
夕陽與夜澄的高中生廣播！
YUHI to YASUMI no KOUKOUSEI RADIO!

聲優廣播的幕前幕後

#07 柚日咲芽玖瑠掩飾不了？

二月 公
插畫／さばみぞれ

Kadokawa Fantastic Novels

Tiara★Stars Radio

皇冠☆之星☆廣播！

第17回　～芽玖瑠與乙女的演唱會前廣播～

第1回　～【續】夜澄與芽玖瑠的初次廣播～

第14回　～芽玖瑠與花火的穩定廣播～

第1回

～新人芽玖瑠的
熟練初次廣播～

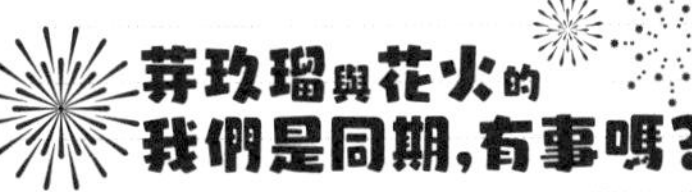

第267回

～芽玖瑠與花火的生存之道～

第274回

～柚日咲芽玖瑠必須畢業？～

夕陽與夜澄的高中生廣播！

第69回　～夕陽與夜澄掩飾不了的前輩～

第17回

「「皇冠☆之星☆廣播——！」」

「大家，皇冠好！我是這次擔任主持人，飾演小鳥遊春日的柚日咲芽玖瑠！」

「大家，皇冠好！我是同樣擔任這次主持人的，飾演艾蕾諾亞・帕卡的櫻並木乙女！」

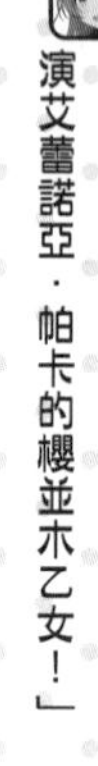

「本節目是為了給各位帶來各種關於『皇冠☆之星』的資訊而開始播放的！」

「好的！所以呢，第17回開始了！這次是我和小玖瑠兩個人主持！哎呀～能和小玖瑠一起在廣播演出真令人開心呢。」

「雖然我們在其他節目已經一起演出過好幾次了（笑）我也很開心喔——果然搭檔是同期的話就會比較放鬆，或者說主持起來更順手呢。」

「是啊。果然會有點特別的感覺呢！說到特別，下次不是有演唱會嗎？」

「九月的演唱會，『獵戶座（Orion）』VS『貫索四（Alphecca）』？」

「對對對！我和小玖瑠在同一個組合，小花火也是！同期有三個人都聚在一起真教人開心呢～」

「確實都湊在一起呢（笑）這麼講的話好像是我們在排擠小結衣一樣，但那孩子其實也很親切，所以氣氛真的很好呢。」

「對啊～！小結衣真的是個可愛的好孩子！一起練習時也很開心呢～！馬上就要開演唱會了，我們真的是很熱心地在練習！大家敬請期待吧！」

「真的練了很多東西呢。因為小乙女是隊長，總是不斷地拉著大家前進，課程也進行得相當順利呢～該怎麼說，那股熱量真的很驚人呢。」

皇冠☆之星☆廣播！

「姑且也是要分出勝負的嘛！一般都會不想輸吧？」

「妳是說『獵戶座（Orion）』的那些孩子吧。是啊～名義上確實是『對決演唱會！』。而且那邊的後輩也很多呢。甚至還有兩個才八行第一年的女生。」

「沒錯沒錯。所以我們就讓她們見識一下前輩的風範，或者說威嚴！」

「怎麼突然擺前輩的架子啊（笑）」

「要擺前輩的架子其實很困難呢（笑）」

「不過，大家真的是在百忙之中拚命地上課，所以希望大家期待我們的演唱會喔。現場門票已經截止了，但線上觀看門票——」

to be continued……

柚日咲芽玖瑠有時會有種非常奇妙的感覺。

為什麼自己會在這裡呢？

頂多只能在演唱會藍光光碟的特典裡才能看到的景象，就呈現在自己眼前。

舞臺幕後。

與明亮的舞臺相較之下，幕後顯得十分昏暗。

儘管能感覺到許多人的氣息，但無法看清楚臉龐。

工作人員匆匆忙忙到處走動，調整過光量的螢幕微微發出淡光。

舞臺上有閃閃發亮的照明與布景正在閃爍著光，已經入場的觀眾則是滿心期待著開幕的到來。整個會場熱氣騰騰。

幕後這邊也為了要讓演唱會成功，滿是緊張與興奮的情緒。

她強烈地感受一股平靜的熱氣。

……為什麼自己會在這邊呢？

而不是在觀眾席揮舞著螢光棒。

「芽玖瑠？妳怎麼在那裡發呆？平常的那個？」

「平常的那個。」

一位女性不知不覺間站到了芽玖瑠身邊，隨口向她搭話，芽玖瑠也回應了她。

夜祭花火。

她是與芽玖瑠同樣隸屬於藍王冠的同期，比任何人都理解芽玖瑠的人。

她穿著與「奎宿九（Mirach）」VS「河鼓二（Altair）」的演唱會上不同的裝扮，露出了親切的笑容。

既高挑身材又好的她，相當適合這次「貫索四（Alphecca）」的裝扮。

芽玖瑠也穿著與花火同樣的服裝。

上次的演唱會，芽玖瑠與她被安排在不同的組合，穿上不同的服裝，但這次在一起。

兩個人都要以「貫索四」的身分與「獵戶座（Orion）」對峙。

而現在，那場演唱會即將開始。

「噯，大家——！我們來圍圓陣吧，來圍圓陣！」

乙女從稍遠的地方向她們說道。

櫻並木乙女。

如果是喜歡聲優的人，她可說是個無人不知、無人不曉的超人氣聲優。隸屬多里尼堤。

她雖然與芽玖瑠和花火是同期，但人氣遠遠凌駕了另外兩人。

她散發著與服裝相較也毫不遜色的美貌與笑容，光是這樣就差點令芽玖瑠失去意識。簡直就是聖母。根本就是聖母。大家——聖母在這裡喔～！

「哇！聽起來很棒呢！我想圍圓陣！」

呼應乙女的聲音迅速地舉起手的，是高橋結衣。

她那嬌小的身體裡蘊含著異樣的活力，是隸屬於藍王冠，入行第二年的聲優。

日曬的健康肌膚很引人注目。

只有結衣的服裝露出了肚臍，從該部位可以看到白皙的肌膚。很讚。

她雖然才入行第二年，舞技卻是出類拔萃。

對於轉眼間就能學會舞蹈動作的她而言，舞蹈課或許很沒意思。

儘管如此，她依然會熱情地進行自主練習，是個認真直率的女孩。

「芽玖瑠，她說要圍圓陣呢。」

「嗯。」

芽玖瑠被花火拍了拍肩膀，走到乙女身邊。

在演唱會圍成圓陣為彼此打氣，講白了就是例行公事。

另一個的組合肯定也在做同樣的事情——但是否有像這邊如此有向心力就不得而知了。

雖說芽玖瑠擔心這些也沒意義就是了。

當所有人的手疊在一起後，乙女便莞爾一笑。

「我們付出了許多努力，練習到了現在呢！今天只需要把成果展現出來而已！絕對會順利的！要讓聚集在會場的觀眾都說今天的表演棒極了！還有——我們絕對不會輸！一起盛大地炒熱氣氛吧！貫索四——！」

隨著乙女的吶喊，四個人同時發出「喔——！」的聲音。

緊接著，在場的眾人頓時笑容滿面。

氣氛真的很好。

沒有發生什麼問題，一帆風順地走到了這一步。

而帶領著大家的，正是乙女。

她的表情充滿了自信與冷靜。

在至今的課程中累積的努力與經驗讓她有這樣的自信。

「貫索四」的狀況十分順利，足以讓她能露出這種表情。

由於芽玖瑠看過歌種夜澄率領的「奎宿九」，使得她不禁心想：「居然能這麼和平啊……」

這是因為每個人都認同櫻並木乙女擔任隊長，深信不疑地追隨著她。

無論是守望著她們擺出圓陣的工作人員還是「貫索四」的成員，都是面帶笑容離開現場。

然而，芽玖瑠的目光仍舊追著乙女的背影。

「……好。加油吧。」

乙女的長髮晃盪了一下，盯著舞臺如此低語。

她緊握雙手，露出淺淺的笑容。

「…………………………………………哈啊。」

芽玖瑠如痴如醉地看著她的側臉，嘴裡不知不覺嘆出一口氣。

也太帥了吧～……

她明明這麼可愛漂亮，別在這種時候表現得這麼帥啊……這種反差真的讓人受不了。不要再讓我更沉迷了。無論是那清澈的嗓音還是側臉，都揪著我的心不肯放開。啊心臟好痛……血、血液都要翻騰了……啊啊啊，真的好喜歡……但請不要讓這份真愛繼續加速了……這樣我會變成厄介粉啊……啊唔～（註：指使用不正當應援方式支持自己的推或對周圍的人造成麻煩的粉絲）

感動到我都流淚了。

「妳也哭得太快了吧。至少等開始表演後再到臺上哭啊。」

花火不知不覺間站到旁邊，笑著拍了拍我的肩膀。

好險好險。我慌張地拭去淚水。

「才不會，我又不是上次的歌種。」

「不對喔，小歌種可是在開場之後才哭的。芽玖瑠妳卻還沒開始就哭了。而且妳上次也跟著哭出來了吧。」

「我不否認。」

應該說，當時有全力忍著淚水。

看到自己的推哭成那樣，有哪個粉絲不會跟著哭起來？

自己有可能露出奇怪的表情看向不自然的方向，所以要出光碟的時候得好好檢查一下……

花火順著芽玖瑠的視線，望向乙女。

「該怎麼說呢，小乙女很有威嚴呢。」

她的語氣十分認真。

芽玖瑠清了一下嗓子，隨後以同樣的溫度回答：

「是啊……被指名時她還困惑了一下，但表現得非常稱職呢。而且她作為隊長，也努力地拉著我們前進。」

芽玖瑠說著說著，想起了由美子。

由美子上次在製作人的指名之下擔任了隊長。

就結果來說，她費了不少苦心去處理那些問題兒童。可以說是抽到了下下籤。

乙女也一樣。艾蕾諾亞・帕卡在設定上是最為出色的偶像，所以飾演這個角色的她自然被指名為隊長。

但乙女為了讓我們的組合更加團結，確實很積極地在擔任隊長這個角色。

而這麼做非常地成功。

「對吧。總覺得她給人的印象變了呢～之前是更加輕飄飄的感覺。這下又被她拉開了一

波差距呢……」

花火環起雙手，露出了苦笑。

作為同期，花火想必也有自己的想法吧。

「…………」

芽玖瑠也感覺到了乙女的變化。

她雖然知道變化的原因，但不能告訴花火。

於是，她把另一個理由告訴花火。

「之前她的行程非常密集對吧。所以她光是要處理工作就得已經忙不過來了。但是現在不僅會休假，也多了一份餘力，可以仔細地完成每一項工作。這點似乎也有很大的影響。」

「啊～原來如此啊。那當然很強啦。她現在感覺就是私生活很充實，充滿活力。這樣一來就無敵了呢。」

花火依然環著手臂，歪了歪頭。

她的肩膀碰到了芽玖瑠，並保持這個距離望著乙女。

正當芽玖瑠感受著那份體溫時，花火的表情產生了變化。

看起來她覺得很同情。

不過，她同情的對象不在這裡，是另一群人。

「就算只有之前那個看起來弱不禁風的小乙女一個人，對『獵戶座』那些孩子都是過於

沉重的負擔了。然而現在小乙女引擎全開，也毫不怠慢。這樣的對手是不是太強了啊？」

「獵戶座」VS「貫索四」。

演唱會採取對決的形式，要以組合來分出勝負。

儘管條件跟上次一樣，但是有一個致命的不同之處。

那就是實力差距。

既然花火表現得很擔心，看來她也感覺雙方根本沒得比。

畢竟在「貫索四」的，並非只有櫻並木乙女。

結衣有著得天獨厚的才能，但也依然努力不懈，打算用全力以上的力量與她們正面對決。

芽玖瑠與花火無論是經驗還是演藝經歷都更為出色，透過各種節目累積了人氣。

另一方面，「獵戶座」有兩個第一年的新人，年紀幾乎都是十幾歲，很難說經驗豐富。

不僅有大小的差距，對方那邊還有惹出過問題的孩子。

在人氣方面也是截然不同。

在上次的演唱會，兩個組合算是勢均力敵，所以誰都沒有在意輸贏。

但是，這次的演唱會很有可能會在氣氛上出現落差。

所以，那些孩子必須拚死以勝利為目標才行，可是——

「——她們連萬分之一的勝算都沒有。」

最後得到了這個結論。

而且，芽玖瑠她們也不能輸。

在上次的演唱會，歌種夜澄以「那邊的組合有夕暮夕陽。所以我絕對不想輸」為由，主張自己不想輸。

與她一樣，現在「貫索四」也抱著「不能輸」的想法。

不管是乙女。

還是結衣。

甚至連芽玖瑠也是如此。

芽玖瑠緩緩憶起自己走到今天這一步的漫長路程——

芽玖瑠張開雙手，對著鏡頭露出微笑。

「各位觀眾～轉啊轉～呃——第一次來的觀眾初次見面……雖然我是想這樣說，但是大半觀眾應該都是初次見面吧。」

她注意讓自己表現得像個新人，充滿精神且親切地打了招呼。

「我是隸屬於藍王冠的新人聲優，柚日咲芽玖瑠！請多多指教！不是初次見面的觀眾，謝謝你們一直以來的支持！」

她將視線落在劇本，唸出臺詞。

「所以呢，『柚日咲芽玖瑠的轉啊轉旋轉木馬』開始了。我是第一次自己主持廣播節目，現在非常緊張。」

芽玖瑠這樣說著，用手拖著臉頰，敲了敲桌子。

「是說，我可是新人耶，是會穿著制服去學校的年紀。讓這種小女孩主持廣播節目，我覺得根本不正常啊。這是午休的廣播社團嗎？」

她嘆了口氣，隨後編劇對她下達了指示。

「總之我會聊著這些事情……什麼？怎麼了，編劇小姐……講話方式太老練了？希望再多一點青澀感？」

芽玖瑠聞言，頓時睜大眼睛。

「很囉唆耶！我才不管那種東西！如果靠著青澀感就能博得播放次數我是會做啦！但一個默默無名的聲優滔滔不絕地講一些沒意思的內容也能維持節目的話，我就不會這麼辛苦了！」

接著她將視線投向周圍，開口說道：

「順帶一提，錄音間裡面有編劇與副編劇圍在我旁邊。我是可以理解你們很擔心交給一個新人主持，但這樣有點可怕。不要一群大人圍著高中生啊。」

芽玖瑠看著副編劇，想起來一件事，並把話題轉到開場白上面。

「啊，想出這個開場白的人是副編劇。她是很年輕的女性，嚇了我一跳呢。一開始就說什麼『配合標題，開場白就用「轉啊轉～」如何』。」

芽玖瑠擺出嫌棄的表情繼續說道：

「大叔們也說很不錯，滿可愛的。就這樣定下來了。但你們站在要說這句話的我這邊想想啊！那可是『轉啊轉～』耶！你們自己不用開口就隨便亂搞！」

…………

芽玖瑠故意移開視線，以平靜的語氣說下去。隨後，編劇再次做出指示。

「我一個人說就太害羞了，所以暫時會麻煩副編劇陪我……咦？妳說什麼，編劇小姐？『她才剛開始幹這行，不要太欺負她』？」

芽玖瑠頓時激動起來。

「誰管妳啊！我也是新人啊，而且還是眾矢之的呢！」

to be continued……

那是柚日咲芽玖瑠還只是藤井杏奈的時候。

芽玖瑠喜歡上聲優的契機並非什麼稀奇的理由。

國中時代，她迷上了班上同學推薦的動畫，被演出那部作品的聲優圈粉，追著追著喜歡的聲優就變多了。

如果是偶像聲優，她會去參加演唱會或是活動，看著社群網站，因為那可愛的模樣而滿心歡喜。

如果是迷上那名聲優的演技，她就會去找這位聲優演出的動畫以及電影來看。

不久，她甚至開始聽喜歡的聲優主持的廣播。

喜歡的聲優講的事情涵蓋各種領域。

從日常生活到作品，有時也會聊些正經的話題，不過對芽玖瑠而言無論哪個都十分刺激。

其中有個令她印象最深的話題。

『——養成所時代的老師真的好可怕。我現在作夢都會夢到。』

『啊——我懂。我們那裡也超可怕的～畢竟我也知道自己表現得不好——』

「養成所？」

聽到不熟悉的詞彙，芽玖瑠迅速用手機查了一下。

聲優養成所。

講白一點那裡就類似聲優的學校。

能在那學到聲優需要的技術，也有實作練習與講座之類的課程。

好像也會有現役聲優擔任講師。

形式上五花八門，有聲優製作公司經營的，也有視為學校法人經營的專科學校。

不過，這些機構的共通之處，就是栽培學生成為聲優。

「意思是只要去這些機構，就能成為聲優？」

這件事讓芽玖瑠頓時晴天霹靂，是個極其誘惑人心的發現。

她曾以為聲優是遠在天邊的存在。

是特別的人走上特別的道路，打開這條路前方的門才總算能就任那個職業。

但實際上只要上過養成所，隸屬於事務所之後似乎就會被稱為聲優。

她覺得這件事迅速拉進了距離，變得非常真實。

「……我也能成為聲優嗎？」

她喃喃說出的這句話，真的只是一時想到的。

那是無意間的自言自語，沒有什麼特別的含意。

但是，這句話為她帶來了前所未有的興奮，心臟劇烈地跳動不已。

她感覺這件事比世界上的任何事物都更有魅力。

她查了一下能從家裡去的養成所，發現在東京。

坐電車雖然要兩個小時，但這個距離也並非不能通勤。

「我想去上聲優的養成所看看。」

她如此跟雙親商量的時候，雙親給出了應該算是極為理所當然的反應。

「聲優是種不穩定的工作，最好還是絕對別去做吧。」

「能一輩子靠聲優吃飯的人，只有一小部分。」

「我們說這個都是為妳好，妳要認真考慮自己的人生。」

雙親顯得不知所措，十分為難，露出於心不忍的表情如此建議。

女兒從來沒出過什麼誇張的問題，一直平凡地活著，現在卻突然如此主張，雙親會這麼動搖也是在所難免。

然而，芽玖瑠也並不是以自己的人生做賭注，宣言說「我要當聲優！」。

不如說，她自己也感覺到聲優業界並沒那麼簡單。

她只是想窺探一下那個世界。

想要踏入存在著可能性的地方，想與自己憧憬的那些人站在相同的位置。

就感覺來說，說不定就類似聖地巡禮或是參觀錄音室那樣。

她仔細地解釋過後，拜託了雙親。

就算喜歡棒球的少年說自己想進少棒聯盟，想必也不會有人說教，說什麼「要當上職棒選手可沒那麼簡單」。

當然，要去養成所需要花上大筆的錢。

杏奈以前從未提過什麼任性的要求。這是她為數不多的要求。

『上了養成所還是不行的話，就立刻放棄聲優這條路』。

或許是芽玖瑠平常的品行起了作用，雙親同意了。

雖然他們提出了條件，但還是答應讓芽玖瑠去養成所上課。

這樣的條件跟沒有是一樣的。

芽玖瑠的想法也是相同。

她之所以會選了藍王冠的養成所，也是因為聽說那裡很難進去，又很嚴格，她不認為自己真的能成為聲優。

「妳好。妳挺可愛的呢。是學生嗎？啊，我叫中島美咲。請多指教～」

「咦？啊……我叫藤井杏奈。請多多指教。」

「啊，講話不用那麼客氣啦。雖然應該是我比較年長，但我們不是同期嗎？彼此好好相處吧。」

在充滿緊張感的養成所，她遇見一個女生像搭訕那樣來跟自己說話，而她——也就是今後會自稱夜祭花火的女性。

第一次的講習只是打個招呼，但這個當下養成所已經充滿嚴峻的氣氛。

講師一開始就說了「即使來養成所上課，能進入事務所的人也只有一小部分。」

「不過在進入事務所後，也只能說總算站上了起點。」

「要進入事務所很難，但是要一直當個聲優更難。」

「如果還有天真的想法，我建議你們別來了。」像這樣狠狠威脅了一遍。

儘管芽玖瑠根本也沒有資格說別人，但是抱著輕鬆的心態想著「去當聲優好了～」的人似乎絡繹不絕。

假如是抱著半吊子的決心來的，就是在浪費時間。

既然真心要成為聲優，就需要抱著拚死的努力讓自己脫穎而出。

勢必會與其他人競爭。

講師的話讓她的神經緊繃起來，萌生出一股意識，在未知的空間窺探周遭的狀況。

花火在這種時候隨和地對自己搭話，對芽玖瑠來說是種救贖。

她跟花火莫名地合拍。

每當講習結束後，她們總是會習慣去附近的家庭餐廳閒聊。

由於兩人都沒有錢，只會點飲料吧與薯條，邊吃邊悠哉地聊天。

「不過，能交到朋友真是太好了。因為我是一個人來東京的。在這邊沒有認識的人，真的是不知道該怎麼辦呢。」

花火露出親切的笑容。

芽玖瑠後來才得知，花火雖然對任何人都很友善，但不會特別深入。

她之所以會在養成所向芽玖瑠搭話，也許是因為她自己承受不了孤獨。

對於當時還是的芽玖瑠來說，無法想像「沒有朋友」是什麼狀況。

她對此莫名覺得害怕，不禁岔開了話題。

「來東京啊。東京的房租果然很貴嗎？」

「貴死了。我一開始還以為被騙了呢。不然下次來我家？明明小到不行，唯獨租金倒是一點也不馬虎。」

跟年紀比自己大的女性像這樣聊天，講話不用特別禮貌。這是十分新鮮的體驗。

上養成所很開心。

儘管搭電車也要花上兩個小時是不便之處，但是為了成為聲優而上的講習非常刺激。

講座也聽得很令人開心，但最讓自己雀躍的還是實作練習。

畢竟要站在麥克風前。

以前只是在家裡偷偷模仿表演，而現在要在別人面前公開秀出來。

在麥克風前調整聲音，配合畫面控制感情，在無聲的世界加入自己的聲音。

與憧憬的聲優們做同樣的事情。沒有比這更令人開心的了。

講師聽了自己的演技，會給出嚴厲又正確的指導。

有時，講師還會是自己認識的聲優。

養成所的每件事情，都帶給芽玖瑠一種令人陶醉的幸福感。

就算通勤有點麻煩，她也絲毫不以為意。

她會看著日曆上下一次聽講的日期，用手指數著日子哼著歌。

這種感覺完全就是戀愛中的少女，朋友甚至問她「妳是不是有男朋友了？」。

令她驚訝的是，這份憧憬朝著意想不到的方向發展了。

「……嗯。藤井和中島，妳們感覺不錯。請保持這個狀態繼續努力。」

在養成所過了大概半年的時候，講師聽完她們的演技，喃喃冒出這麼一句話。

芽玖瑠忍不住與花火對視了一眼。

因為平常那麼嚴厲的講師居然坦率地稱讚她們兩人。

「……好了。別發呆。下一個！」

講師好像要掩飾害羞那樣拍了拍手，要她們從麥克風前退開。

這個反應讓芽玖瑠真切感受到，自己真的獲得很高的評價。

這實在是再令人開心不過了。

芽玖瑠只是憧憬著聲優，在模仿她們而已。

研究喜歡的聲優的演技然後練習，一個勁地埋首其中，這份耿直的努力沒有任何花招。

但是，她感覺這份憧憬化為了成果。

在同期當中，花火與芽玖瑠受到最高的評價。

周圍人看向她們的視線中多了羨慕，有時還會投以嫉妒的目光，隨著畢業接近，這種狀況愈來愈顯著。

即使從事務所經營的養成所畢業，也不代表一定能進入那家事務所。

不僅如此，藍王冠的試鏡還比其他地方更加嚴格。

講師也苦口婆心地再三強調過好幾次。

正因為如此，到了試鏡總算逼近眼前時，氣氛頓時緊張了起來。

「我們真的能進入事務所嗎？」「能成為聲優嗎？」

內心滿是不安與期待。

然後，『那兩個人的話應該能進去吧。不對，就算是她們也沒辦法吧。』

偶爾會有人指著花火與芽玖瑠，像這樣竊竊私語。

花火似乎對此感到不滿地表示「她們明明擔心自己就好了說」，但這就不對了。

她們過於擔心自己，所以才把目光投向了花火與芽玖瑠。

在畢業前夕，花火與芽玖瑠的水準可以說是同期當中數一數二的。

萬一連她們兩人都不行，那其他人就更困難了。

現實的高牆比她們想像的還要厚，矗立於眼前。

芽玖瑠自己也同樣害怕這道牆。

她也做好了放棄的心理準備。

父母告誡她「如果試鏡沒過，就要放棄了喔」。

她打算遵守當初的約定照做。

這份憧憬不會變成覺悟，不至於讓自己賭上人生去戰鬥。

到時會抱著「自己沒辦法成為聲優」的空虛感，變回一介聲優粉絲。

雖然不知道花火會怎麼樣，但芽玖瑠打算果斷地放棄。

就算試鏡的日子愈來愈近，她與花火都很不自然地沒有提過這件事。

然而，只有一次。

「我說，杏奈。就算只有妳通過試鏡，妳也要進事務所，千萬別在意我喔。」

花火沒有與她對上眼，就像是自言自語那般低喃。

芽玖瑠沒辦法回應說「別講這種話」。

她這句話，同時也是在宣言「就算妳落選，我也會進事務所」。

芽玖瑠只能默默地點頭。

但是，她們的擔心只是杞人憂天，芽玖瑠與花火輕而易舉地通過了試鏡。

她在自己的房間裡慵懶地放鬆的時候接到電話，對方輕描淡寫地告訴她合格的消息。

「細節妳看了文件之後就知道了，我先傳給妳。之後再用電話聯絡。」

對方講得很簡潔，單方面掛了電話。

根據後來聽到的說法，是「反正這時候就算詳細地說明肯定也會高興得聽不進去。要等冷靜下來之後再打電話」。

「合格了……？真的……？咦？我在作夢……？」

但是，芽玖瑠本人卻十分困惑。

正當她疑惑地對此感到不解時，立刻收到了花火傳的簡訊。

看來，她們兩人一起順利合格了。

雙親聽到後雖然表情顯得很複雜，但芽玖瑠總之先在房間裡偷偷哭過了。

這時，芽玖瑠還是高中生。

說不定正因為她是高中生，雙親才沒有強烈反對她的聲優活動。

無法否認他們之間存在著「只要她在畢業之前認清現實就好」的這種氣氛。

芽玖瑠自己也覺得這個可能性非常之大。

不可能那麼順利。現實沒那麼天真。

說不定會立刻受挫。

儘管她想如此約束自己，但內心就是會不由自主地充滿期待。

她與花火去事務所時，花火剛好說出了那番話。

「噯，杏奈。在養成所大家都說我們是表現得最好的吧。」

「自己這樣講怪難為情的，不過確實沒錯。評價比較高的人是我和美咲。」

「然後，現在我們已經確定要進聲優事務所裡面算比較大間的藍王冠了對吧。」

「是啊。藍王冠很大，旗下也有許多厲害的聲優。」

「……噯，這樣子，我們該不會要飛黃騰達了吧？我們應該會發展得很順利吧！」

「太快了啦。我們甚至還沒站到起跑線耶。」

「雖然嘴上這麼說，但妳自己也在偷笑嘛。」

她們那種嬉戲吵鬧的樣子，確實可以說很像個新人。

不過，湊齊這麼多條件，十幾歲的女孩會自以為是也是情有可原。

藤井杏奈與中島美咲在養成所有著出類拔萃的實力。

但是，那不過是與周圍的人相比而已。

這種程度的評價，會輕易遭到聲優業界的巨浪吞沒。

進入事務所後，第一次跟前輩打招呼是在歡迎會上。

事務所似乎每年都會舉辦歡迎會。

會包下十分時髦的店家，招待旗下的聲優與員工享用酒水及餐點。

「新人要趁這個機會和大人物及前輩打招呼。應該算是第一份工作吧。」

芽玖瑠的經紀人吉澤露出苦笑，如此告訴她。

吉澤是個三十幾歲的成熟女性。她徹頭徹尾地仔細指導了芽玖瑠。

幸運的是，花火也是同一個經紀人，她也一起來參加歡迎會了。

芽玖瑠抱有小小的期待，覺得既然夾在花火與吉澤中間，多少會緩和一些緊張的情緒。

然而，在踏入店裡的瞬間，她徹底明白這麼想根本沒意義。

因為，眼前的景象對芽玖瑠而言實在過於耀眼。

店裡擺著許多桌子，有一群大人圍坐在那裡。

芽玖瑠也很熟悉的聲優們就坐在那裡。

再加上這間店看起來很高級。

這畢竟是公司的歡迎會，對於還是學生的芽玖瑠來說本就是令人害怕的活動。

況且還有許多芽玖瑠喜歡到不行的聲優在現場，讓她不禁想大喊「就是因為有這些人我才想進入藍王冠的！」。

「藍、藍王冠全明星會……這、這個票價要幾萬圓啊……？」

「冷、冷靜點杏奈。這不是活動，是歡迎會。」

花火扶住頓時感到暈眩的芽玖瑠，但花火的手也在顫抖。

這個第一份工作實在是非常不得了……

吉澤帶著她們依序向眾人打招呼，但過程很難說得上順利。

「不用緊張啦」被這樣笑著說了好幾次。

其中，還有前輩對她們這樣說道：

「是藤井小姐和中島小姐對吧。請多指教請多指教～妳們倆都還沒出道吧？吉澤小姐，她們的藝名決定了嗎？」

「啊，沒有。這件事還沒跟她們討論過呢。」

眼見已經喝了不少酒的前輩如此詢問，吉澤露出苦笑回應。

這時，已經稍微習慣了現場氣氛的花火一臉不解地詢問：

「用藝名會比較好嗎？」

「用藝名比較好！絕對！記得要取個藝名喔！」

聽到花火的提問，前輩突然大喊起來。

那位前輩猛然把食指朝向這邊，用可疑的聲音說道：

「我一直很後悔呢，要是當初用藝名就好了。」

「我是沒那麼堅持啦……不過用本名會那麼麻煩嗎？」

「有啊。多到不行。走紅之後特別麻煩呢——像快遞也是，會在一些文件直接寫上當聲優時用的名字。有時對方就剛好認識我呢。他們會問說『妳該不會是聲優吧？』不覺得很麻煩嗎！而且還得顧慮到體面。」

前輩晃著玻璃杯如此說道。

旁邊的另一位前輩此時笑著說：「不過在餐廳之類的地方會用假名就是。這種事在聲優裡面很常見呢。」

似乎是這麼回事。

確實，聽起來感覺很麻煩。

先不管到時有沒有辦法走紅，如果有能用藝名避開的問題，或許是可以考慮一下。

吉澤也點頭同意說，「用藝名會比較好呢」。

……不過先把這件事放在一邊。

芽玖瑠從剛才起就不發一語。

因為喝醉的女前輩敦促她坐到旁邊，一直摟著她的肩膀。

加上芽玖瑠還是學生，實在是非常可愛。

男性這種時候就會比較顧慮，但女性會不以為意地進行身體接觸。

某種意義上比起男性聲優，女性聲優更讓芽玖瑠緊張。

畢竟她喜歡到無可自拔，位於螢幕對面的存在，竟然像這樣來接觸自己。

「噯，小杏奈也這麼覺得吧～？妳連名字都這麼可愛，不覺得要是在學校曝光會很麻煩嗎～？如何？」

「啊……我……我覺得，沒錯……」

「唔哈哈哈！臉好紅喔～！就說不用這麼緊張啦！妳好可愛喔～！」

芽玖瑠整個臉紅通通的，什麼都說不出口，只能以微弱的聲音回話。

因為要是去了自己推的見面會，結果突然被摟住肩膀的話會怎麼樣？會死吧？

體溫上升，腦袋開始變得輕飄飄的，芽玖瑠這時明明就沒喝酒，卻體會到了什麼是「醉」的感覺。

此時，有人邀請她們說「小杏奈妳們也要去第二攤嗎～？」不過吉澤以「她們兩個還未成年」為由拒絕掉了。

在第一攤芽玖瑠就已經遍體鱗傷，所以老實說得救了。

回程她搭著花火的肩膀，讓花火送自己到車站。

「……杏奈啊。妳這個樣子不要緊嗎？今後我們可是要跟她們一起工作耶。」

「沒辦法……不對，我會想一下該怎麼辦……再這樣下去就糟了……」

在花火的照顧下，兩人走到車站。

儘管她的步伐踉蹌，但內心得到了滿足。

她與那些本應處於遙遠世界的人碰面，還進行了交談。

這是非常不得了的體驗。

這段時光十分充實，足以讓她誤以為自己已經不是孩子。

知曉了大人的世界，踏入聲優的世界，芽玖瑠變得有些得意忘形。

上課時她一直發呆，思考「該取什麼藝名好呢」。

還因此被老師警告，遭到周圍的人嘲笑。

某一天，她收到事務所的通知，放學後直接衝上了電車。

連換下制服的時間都沒有，就要搭電車往返四個小時相當累人，但就連這點她也樂在其中。

因為叫她出來的理由十分令人雀躍，她在車上也一直差點露出傻笑。

這一天要談的事情，是與工作有關的說明。

另外，就是關於藝名。

「二位的藝名就決定用這個了。到時還得想一想簽名才行。」

三個人聚在會議室，吉澤在白板上寫下文字。

『柚日咲芽玖瑠』。

『夜祭花火』。

「……………」

看到眼前的文字後，芽玖瑠不禁跟花火面面相覷。

「啊，抱歉。我接一下電話。」

她們本想聽吉澤繼續說明，但她拿著手機離開了房間。

兩人再次目不轉睛地看著眼前這兩個名字。

接著，她們喃喃這樣說道：

「……我還以為藝名是要自己取的，想了很多名字。」

「我也是。甚至還查了筆畫數。」

芽玖瑠其實還篩選到剩下幾個候補。

雖然自己想自己的名字教人很難為情，但她還是想了一些還算中意的名字。無法公開這些名字，讓她覺得有點遺憾又很像鬆了一口氣。

為了掩飾害羞的心情，芽玖瑠開始瘋狂地對藝名雞蛋裡挑骨頭。

「是說，我的這個要怎麼唸？Yuzubisaki？這樣不會很難唸嗎？」

「嗯……？啊，這個應該是『Yubisaki』吧。畢竟後面是Mekuru。用指尖翻動。」

「這根本是冷笑話嘛。」（註：原文名字為「柚日咲めくる」，柚日咲讀音同日文指尖，めくる直翻的意思是「翻動」）

日咲めく
夜祭花火

「要這樣說的話，我的也是半斤八兩啊。夜祭花火，這什麼啊。」

這就是她們的另一個名字。

這樣一想，總覺得靜不下來。

但是，她對搭檔的名字卻冷靜地給出意見。

「……不過，美咲。妳還挺適合的喔。夜祭花火。因為美咲有種煙火的感覺。」

「咦，是嗎？」

花火意外地睜大眼睛，再次盯著白板上的名字。

是這樣嗎，是嗎……？她疑惑了一陣子，接著又看向了芽玖瑠。

「要這樣說的話，杏奈更適合吧？芽玖瑠(Mekuru)這個名字用平假名寫出來感覺很可愛，杏奈也有那種名字的感覺。」

「是……嗎？」

柚日咲芽玖瑠。

她稍微看了名字一會兒，但完全沒有這就是自己名字的真實感。

不過，感覺確實很可愛。

還不壞……

不對，應該說，很不錯。

她們彼此說不定就是這樣喜歡上了自己的名字。

兩人不發一語地看著名字。

過了一會兒後，像是為了緩和氣氛，花火用輕挑的語氣開口說道：

「感覺還挺不錯的嘛？對吧，芽玖瑠？」

「什麼啦，花火。」

「芽玖瑠。」

「花火。」

聽起來讓人心癢癢的，兩人就這樣悶聲笑了一會兒。

用另一個名字自稱是有些難為情，不過用不同的名字稱呼朋友也是如此。

芽玖瑠享受著這種未知的感覺，此時忽然注意到一件事。

她湧起了小小的不安。

「既然這個是藝名，那在現場工作時就必須用花火稱呼美咲嗎？」

「是啊。哎呀～沒問題嗎？感覺會不小心叫出本名。如果是在配音現場還好，要是我們參加活動之類的那種拋頭露面的工作不是很危險嗎？感覺會不小心就說溜嘴。」

這是個具體且淺顯易懂的例子。

現在聲優登臺或是在人前拋頭露面已經變得非常理所當然。

萬一兩人站在同一個舞臺，或是參加同一個節目的話。

就算繃緊神經，平常的習慣還是會反射性地跑出來。

『啊，美……花火！』非常有可能像這樣說錯話。

腦海中浮現這副光景之後，芽玖瑠自然地說出了這句話。

「……也許我們最好平常就用藝名稱呼彼此。」

「就這麼辦吧。雖然有點難為情，但總比搞砸還要好嘛。對吧芽玖瑠。」

「什麼啦，花火。」

「芽玖瑠。」

「花火。」

重複著與剛才相同的對話，兩人嘻嘻笑了起來。

當她們正為此感到開心時，吉澤回到了房間。

光是藝名這件事就十分刺激。

但是，吉澤接下來說的事情，更是有過之而無不及。

「我講一下妳們接下來要參加的試鏡的計畫喔。」

試鏡。

如果通過試鏡，自己的聲音就會加入在作品之中。

這樣就會真正地踏入憧憬的聲優世界。

並不是用以前一直陪伴著自己的名字，而是與新的名字一起。

實際感受到這點後，芽玖瑠的心靈為之震顫。

——啊，我真的要成為聲優了。

然而——

如果用常見的說法來表示的話，就是現實並沒那麼簡單。

柚日咲芽玖瑠的出道作品是「焦糖高中布丁社的榮耀時刻」。

或許是因為藍王冠事務所的力量，她的出道作品立刻就定下來了。

只不過，飾演的角色是「學生Ｂ」。

就只有一次出場，臺詞也很少。根本稱不上什麼重要的角色。

她對此並沒有感到不滿。

要充當背景的喧囂聲或是跑龍套都是理所當然的，光是能站在配音現場她就很開心了。

她前往錄音室，打開錄音間厚重的門，看見眼前一排氣派的麥克風以及混音室，頓時覺得非常感動。

跟工作人員打招呼，向聲優前輩打招呼，這樣慌慌張張也是很難得的體驗。

其中還有人溫柔地向芽玖瑠搭話，讓她心中充滿了喜悅。

不過，她視如寶物拚命練習的臺詞，立刻得到一句「好，ＯＫ了」，戲份也到此結束，這讓她覺得有些落寞。

但是，她立刻發現這種失落感也是珍貴的體驗。

因為需要付出莫大的努力，才能在下次抓住這種機會。

「啊！等一下等一下等一下……！啊……走掉了……」

隨著門無情地關上，她原本要坐的電車充滿精神地劃過黑夜離去。

目送電車離開後，她不由得嘆了口氣。

月臺上顯得很冷清，幾乎沒什麼人。月亮看起來莫名耀眼。

芽玖瑠在無奈之下坐在了冰冷的長椅上。

剛坐下就有一陣狂風吹來，讓她不禁閉上了眼睛。

風強得令人心煩。

由於水手服隨風晃個不停，芽玖瑠緊緊抱住了自己的身體。

她查了下一班電車來的時間，隨後再次嘆氣。

從這裡出發得花上兩個小時，回到家不知道都幾點了。

她放學後用跑的衝到車站，穿著制服坐上電車。

在電車裡盯著筆記，在腦海中反芻練習了好幾百次的臺詞。

就算花了這麼多時間進行準備，在試鏡裡表演的瞬間卻短得驚人。

「好，謝謝妳～」聽到這句話後，就迅速離開錄音室了。

「就為了這個花了四小時……」這樣一想，突然有一種難以想像的疲勞感襲來。

若是這樣能上的話自然是不會覺得辛苦，但要拿到角色可沒那麼簡單。

在芽玖瑠整個人迷迷糊糊的時候，電車來了，她慌張地搭上車。

回程的電車上載著許多疲憊的社會人士。

她混在這群人之中，抓著吊環，慢慢地開始想睡，揉了揉眼睛。

「試鏡？沒上沒上。完全不行啊。雖然一直有在參加就是。」

花火咬了一口炸豬排，笑著揮了揮手。

某個星期日。

她與花火約好在試鏡結束後一起吃比較晚的午餐。

花火說知道一家好店，就帶芽玖瑠來到了這間定食餐廳。

因為這裡是東京，芽玖瑠本以為她會帶自己去時髦的店家。

「這裡可以自由加飯，而且明明分量多又好吃，卻很便宜喔。然後炸豬排超好吃的！啊，阿姨，我要一份大的炸豬排定食！」

眼見花火一臉開心地點餐，芽玖瑠也點了豬排蓋飯。

隨後上桌的豬排蓋飯不僅堆了滿滿的炸豬排，黃色的雞蛋也冒著熱騰騰的蒸氣。

花火點的也很驚人，猶如草鞋般巨大的炸豬排占領了整塊盤子。飯也堆成了一座小山。

「妳吃不完的話就給我吃吧。」

花火笑著說完，開始大口地吃著炸豬排。

大塊炸豬排逐漸在花火的口中消失。

芽玖瑠小心翼翼地將筷子插進豬排蓋飯，隨後高湯的香味便緩緩散發出來。

放進嘴裡後，炸豬排的味道頓時擴散開來，隨後也嘗到了雞蛋柔和的味道。

「杏奈……芽玖瑠，這裡的炸豬排很好吃對吧。」

「嗯……」

很好吃。不過量太多了，似乎會需要請花火幫忙。

有這種分量和味道，竟然還比其他店還便宜，真是非常划算。

花火一臉滿足，嘴巴塞滿了米飯。

「因為我吃得比別人多，這種分量滿點的店對我來說真的是很難能可貴。阿姨，一直以來謝謝啦。」

花火搭話後，阿姨爽快地回了一句「好～」。

芽玖瑠也夾起炸豬排，送到嘴裡一口吃下。

這餐肯定能吃得很飽，而且也不會那麼傷荷包。

老實說，她鬆了口氣。

「因為我也沒什麼錢，幫了大忙呢。」

她並不是對時髦的店沒興趣，但目前錢包的經濟狀況不允許她太奢侈。

所以她想避免吃個午餐就花到兩三千圓。

就算她認為自己已經是個大人了，金錢觀念卻完全沒變。

明明從事聲優這行的報酬也是寥寥無幾，支出方面卻不斷增加。

今天從媽媽那邊也收到了一千圓當作「午餐費用」，比單純當個學生的時候給了更多錢。然而，能自由運用的錢卻比以前還少。

因此，芽玖瑠實在沒心情一一確認錢包裡的零錢。

不過，她很意外花火也有同樣的煩惱。

「但是美咲……花火妳平常就在工作吧？我還以為妳的生活會過得更寬裕一點。」

「哪有啊。在東京生活可是很辛苦的。我來這邊之後才徹底明白了這點。」

花火晃著筷子，同時深深嘆了口氣。

「說是工作，終究也只是打工而已，總是入不敷出。所以我才會拚命打工，但試鏡的時間有時也會臨時決定吧？」

「是啊。對方問明天能不能來的時候，我還嚇了一跳。」

「他們講得很輕描淡寫呢。我不想說什麼『因為有打工我沒辦法去』所以就去參加試鏡了。但相對地既然打工這邊請假，就會遭到店長講些風涼話，試鏡落選，錢也拿不到。哎呀，累死人了。搞不好哪天我就會被炒魷魚了。」

花火說完哇哈哈地大笑，但她的笑臉蒙上了一層陰霾。

儘管她說得很正面，但實際狀況想必比芽玖瑠想像得還要嚴苛吧。

「唉——生活窮困潦倒，土裡土氣的。只有填飽肚子是唯一的樂趣呢。」花火說著說著把嘴裡塞滿了炸豬排。只有這時候看起來一臉幸福。

「……我也要吃得飽飽的。」

「吃吧吃吧。芽玖瑠還在發育期，多吃點比較好。」

兩人互相吐著苦水，同時吃著便宜又好吃的飯菜。

就在某一天，芽玖瑠迎來了轉機。

『芽玖瑠！這可是個機會！總之妳要專心！要排除萬難，設法爭取到這份工作！』

經紀人吉澤喘著氣打來電話。

電話的內容是試鏡的邀約。

邀請她參加的是電視動畫的試鏡。似乎是製作方指名要她的。

試鏡的邀約本身並沒那麼稀奇，也不會讓人特別高興。

既然對方只是抱著「想試聽一下聲音」的感覺而邀請的話，當然也不是說一定會合格。

不過，芽玖瑠是第一次收到邀約，而且照吉澤的說法，似乎很有希望。

芽玖瑠帶著一種不真實的、輕飄飄的心情，聽吉澤說明試鏡的內容。

『妳之前有參加過試鏡吧？就「驚濤駭浪～」的那個。沒錯沒錯。當時的音效指導記住妳了，說希望妳務必參加新作的試鏡。聲優似乎都會以年輕人為主，他還說芽玖瑠的聲音非常適合！這個角色很重要！如果通過就是爆冷門了！』

這個條件非常好，也難怪吉澤會如此興奮。

她很快傳了資料過來。

標題是「灰色的城市在呼喚」。角色是小紅帽。

這是一部以現代為舞臺的嚴肅幻想劇，芽玖瑠要試鏡的角色是主角的摯友。

她是掌握著故事中重要祕密的角色。

如果能通過這部作品的試鏡，讓自己的演技獲得認可，將來也有可能會再得到邀約。

她胸口深處有種發麻的感覺，喜悅一點一滴地擴散開來。

說不定自己會以這部作品為契機，開始有點聲優的樣子。

就像自己憧憬的諸多聲優一樣。

接到這個消息後，她將心血全部投入到這個角色。

她抱著「自己絕對要拿下這個角色」的氣概，把資料看得滾瓜爛熟，一心一意地反覆練習，也讓經紀人與花火幫忙，將完成度提高到極限。

已經做到不能再好。

然後，試鏡當天。

芽玖瑠帶著恰到好處的緊張感，並抱著破釜沈舟的心態想著「要是做了這麼多都不行，那就真的沒辦法了」。這讓她調整到相當好的狀態。

就算沒上，也不會後悔。

但在這個當下，她依然認為自己最適合小紅帽這個角色。

她帶著平靜的心情，走在試鏡會場安靜的走廊。

這是理想的狀態。一定能呈現滿分的表演——

「咦？難道是玖瑠瑠嗎？」

此時，突然有人從後面搭話。

芽玖瑠回過頭，看到一名認識的女性正在向自己揮手。

是唯Ｐ！

她是隸屬於茶杯的女性聲優演藝經歷第三年名字叫松浦唯奈出道作品是「白色緞帶」擔任敵方隊伍的選手演技讓人很難想像是個新人大而化之的個性很受歡迎她是現在備受矚目的新人聲優太好了能看到她好開心便服好可愛啊烙印在腦子裡吧！

「早安，松浦小姐。」

芽玖瑠為了不讓對方察覺到她內心的波瀾，莞爾一笑打了招呼。

雖然親切，但是不容易親近，充其量也只是在表面上做做樣子。

這就是芽玖瑠當聲優時學到的處世方法。

徹底做到公私分明，不讓對方深入自己的內心。

因為對方若是深入，自己就會死掉的。

儘管這也是理所當然，但是這份工作經常要與聲優接觸。

而這些人都是她所憧憬的聲優，要是讓原本的自己去對話整個人肯定會軟下來。

絕對會發生問題。

所以要像這樣築出一道牆壁，才能勉強維持住柚日咲芽玖瑠的人設。

唯P，也就是松浦，是以前在配音現場對芽玖瑠很溫柔的前輩聲優。

她居然像這樣親和地過來搭話，讓芽玖瑠幸福到幾乎要在地上打滾了。

「玖瑠瑠妳要也試鏡？是『灰色的～』那個嗎？」

「啊，是的。待會兒要試鏡了。」

「這樣啊！希望我們倆都能上呢。」

松浦露出柔和的微笑說道。

如果能那樣的話真的會很令人開心。很想再跟她一起工作。

但是，芽玖瑠注意到了一件事。

正因為芽玖瑠喜歡聲優，正因為芽玖瑠非常了解她，所以才會注意到。

當芽玖瑠還在錯愕的時候，松浦繼續說下去。

「畢竟這是個非常棒的工作嘛。我也真的很想上。好久沒有遇到這種會強烈讓我覺得『好想演～！』的角色！所以我會努力的。玖瑠瑠也要加油喔！」

她的眼神耿直，甚至讓人覺得清爽。充滿活力。

她肯定是準備了很久，想認真拿下這個角色。

和自己一樣。

芽玖瑠明明已經知道答案了，卻還是忍不住如此詢問。

「那個，松浦小姐。妳要試鏡的是哪個角色……？」

「嗯？小紅帽！」

松浦在離去時活力充沛地回答，隨後消失在走廊深處。

嗯，那當然了。

她非常適合小紅帽這個角色。

喜歡的聲優要試鏡的角色，與自己想得到的角色一樣。

這種理所當然有可能發生的事情，給了芽玖瑠重重的打擊。

「………………」

她忍不住逃進了附近的廁所。

內心在搖擺，控制不了慌亂的思緒。

她沒有心思就這樣參加試鏡。

無可奈何的事實正試圖壓垮芽玖瑠重要的部分。

比起松浦唯奈，柚日咲芽玖瑠更適合小紅帽這個角色。

這種話絕對說不出口。

因為芽玖瑠不這樣認為。

可是，芽玖瑠等等就必須與松浦用演技競爭。

「……………………」

至今為止練習的東西突然開始褪色，逐漸潰散瓦解。

最嚴重的問題是，她接受了這個事實。

──假如松浦唯奈拿到了小紅帽這個角色，自己會非常開心。

松浦的聲線和演技非常適合小紅帽，而且她可能會透過這部作品一舉成名。芽玖瑠這樣一想，眼神不禁閃閃發亮。

這個結果──甚至遠比柚日咲芽玖瑠通過試鏡更讓她覺得開心。

想通過試鏡。想努力。

想讓自己飾演這個角色。

這種感情化為露水逐漸消失，讓她無法維持作為聲優的自己。

不行，不能再繼續想下去，不能去思考。

她把手撐在洗臉臺上，拚命地驅散湧現於腦海的想法。

當她努力讓自己不去意識到這件事時，有其他人走進了廁所。

「啊……」

那個人似乎沒想到裡面有人。她注意到芽玖瑠後，頓時瞪大雙眼。

眼前是個二十歲左右的年輕女性。

她把臉別向旁邊，快步走向隔間。

但是，芽玖瑠透過鏡子看到了她的表情。

她用力抿緊嘴唇，懊悔地皺著眉頭，雙手緊緊握在胸前。

眼眶裡泛著淚水，彷彿隨時都會宣洩而出。

從這個人的感覺可以看出來，她想必也是新人聲優。

而這裡，是試鏡會場。

她的試鏡肯定不順利吧。

或許是因為沒有徹底發揮實力，也可能是因為要求的水準很高。

肯定是發生了無法釋懷的事情，她才會因為這份悔恨而咬緊嘴唇。

「啊……」

自然地發出了聲音。

大家都是抱著這樣的想法嗎？

因後悔而煎熬，忍耐到整張臉都扭曲了，當要被人看到時就把臉別過。

此時，芽玖瑠的心臟狂跳，發出刺耳的聲音。

有別於緊張的另一種感情，正在深深地侵蝕著身體。

芽玖瑠望向鏡子。

鏡中的自己，臉色十分糟糕。

芽玖瑠——杏奈她……

直到這刻之前從來沒有理解。

所謂的試鏡，就是一群人玩大風吹爭搶椅子。

像松浦那樣的前輩聲優、因為自己不爭氣而哭喪著臉的新人聲優。

自己肯定會與最喜歡的聲優們互搶椅子。

芽玖瑠說不出口。

說不出自己比松浦或其他喜歡的聲優更為出色。

她甚至無法像剛才的新人聲優那樣，因不甘而哭喪著臉。

她沒有踢掉別人的覺悟，也沒有宣言自己更優秀的決心，一無所有。

芽玖瑠不禁覺得，自己來錯了地方。

自己究竟是為什麼而待在這裡的？

「啊……」

當她回過神來，試鏡已經結束了。

她始終思考著不必要的事情，絲毫無法專心。

雖說就算發揮實力也不曉得結果如何，但至少不會像這樣醜態百出吧。

試鏡的結果，毫無疑問地落選了。

機會就這樣悄然從手中溜走。

最後是松浦拿到小紅帽這個角色。

問題在於，芽玖瑠對此不覺得「不甘心」。

反而是表現出自己身為粉絲的一面，覺得「松浦小姐拿到了那麼好的角色！太好了～！」自顧自地開心。

因為喜歡的聲優有了成就而興奮，這確實是很像個粉絲。

但是，芽玖瑠是聲優。這不是該高興的時候。

然而，在吶喊著「讓別人來演更好」的人，正是她自己。

她否定柚日咲芽玖瑠。

這份感情扭曲卻耿直，無可救藥。

某天，花火邀請她一起吃晚餐。

這時，她們已完全習慣用藝名稱呼對方了。

地點是在芽玖瑠已經習以為常的花火的家。

兩人說好要在家煮一堆飯，做手捲壽司盡情飽餐一頓！

當她們大口大口吃著飯的時候，花火拿出了廉價的罐裝調酒。

她前幾天順利地迎來了二十歲。

「芽玖瑠還不行～」

花火高興地笑著，順勢打開了拉環。

芽玖瑠雖然還不想喝酒，但看到花火喝得一臉開心，不禁還是有點羨慕。

「開始喝酒之後，我發現喝醉也挺不錯的呢。因為就算有討厭的事情也可以忘記。」

當花火如此嘟囔時，她的側臉也讓芽玖瑠很羨慕。

她們把促銷時買的生魚片放在滿滿的米飯上，塞得整個臉頰都是。

花火挑著納豆，同時像是忽然想起來那樣開口說道：

「話說，前陣子我碰巧遇到了尾谷。」

「尾谷？那誰？」

「養成所的同期啊。妳不記得了？就是那個頭髮捲捲的女生。」

「……不記得。」

「真薄情啊。不過她當時主動跟我搭話，我也是過一會兒才認出來。」

花火愉快地笑著，同時拿起特大的手捲壽司。

「然後？這位尾谷小姐怎麼了？」

「啊，她當場狠狠酸了我一頓。她說，妳好不容易才進了大型事務所，卻完全沒有出名呢。」

「咦？什麼啦？花火，妳闖了什麼禍嗎？以前曾經揍了她的臉？」

「養成所時代的我也太火爆了吧。哎呀，她單純是不服輸吧？我問她現在在做什麼，她就面有難色地說『在另一間養成所上課』。」

「……原因肯定是這個吧。」

芽玖瑠邊嘆氣，邊拿起倒有茶的杯子。

即使無法進入藍王冠，也不放棄聲優這條路，開始去其他養成所。

那樣的人對芽玖瑠她們抱有什麼樣的想法呢？

從她會特地與花火接觸這點來看，那個人在各種方面感覺也是走投無路了吧。

芽玖瑠聽了後心情頓時消沉了起來，這時花火撐起了臉頰。

她搖晃著喝光的罐裝調酒，露出了諷刺的笑容。

「說不定她那樣反而比較幸福呢。畢竟能一直抱有夢想。」

「要是說這種話，妳下次可是真的會被打的。」

芽玖瑠雖然這樣回話，但她也是相同的意見。

自己是不是也該做個沉浸在夢想的少女，這樣會更幸福呢？

懷著對聲優的憧憬，一無所知地晃著螢光棒，是否會更幸福呢？

這樣一來，就不用像這麼折磨著自己了。

「我不想放棄，想繼續當聲優……不想在這種地方結束……好不甘心啊……同期裡都已經有人拿到工作了說……」

或許是喝了太多便宜的酒，花火趴在桌子上開始一陣一陣地啜泣起來。

芽玖瑠與花火依然沒有通過試鏡。

隸屬於養成所及事務所時看到的光芒，如今也已經完全消失。

兩人老是在黑暗的道路上徬徨，唯有不安與恐懼壓著她們。

「……一般來說，應該要這樣想才對吧……」

芽玖瑠看著對未來感到害怕的花火，喃喃這樣說了一句。

在試鏡會場看到的那個應該是新人的人，因為自己沒能好好發揮而打從心底不甘。

松浦充滿活力，表明「我想做！想拿到這個角色！」。

應該要這樣。勢必是要這樣的。

「花火，妳想拿到角色嗎？」

聽到芽玖瑠這樣詢問，花火抬起頭。

她仍然哭喪著一張臉，像是在說夢話那樣回答。

「那當然啊。我想啊。所以才在努力吧。」

「即使要跟我競爭？」

「啊嗯？啊——……在同一間事務所也會有這種狀況嗎……我是不太清楚啦，但如果有的話，我會競爭。不管對方是芽玖瑠還是誰。這種事本來就是這樣的吧。」

「就是這樣呢。」

想繼續當聲優。想通過試鏡。想讓自己演這個角色。

無論對手是誰都無所謂，就算得毫不留情地踢落對手也要拿到角色。

更別說希望其他人來演這個角色，而不是自己。

本來就是這樣吧。就是這樣啊。

做不到的話，是否只能就這樣消失了呢？

「我是……留級生。」

不論如何在腦海中描繪，自己也無法像她們一樣奮發向上。

在這種時候，如果能像花火那樣喝酒的話是不是就會輕鬆點了呢？

即使明白那不過是對現實視而不見。

『芽玖瑠，明天的直播妳有辦法去嗎？』

週五傍晚，吉澤像這樣打了電話過來說道。

聽說之前參加的手遊「月光世外桃源」在明天晚上有個直播節目。

播出這種會介紹遊戲情報與今後發展的節目是很常見的。

而且演出聲優在節目中出場也沒那麼稀奇。

然而，芽玖瑠是第一次被叫去參加節目。

畢竟，芽玖瑠並沒演過什麼值得被叫去的角色。

而且還是明天，這實在也太突然了。

「找我？為什麼……？發生了什麼事嗎？」

『原本預定上節目的是北村小姐，但是她身體不適，臨時不能來了。然後，我們這邊能去的好像只有芽玖瑠而已。』

「啊……」

芽玖瑠曾聽說過會有可能像這樣臨時代打。

聲優無法在廣播及直播節目中登臺時，會派同一間事務所的人代演。

芽玖瑠作為聽眾，也曾遇到這樣的狀況幾次。

如果能拿到工作，就算要臨時代打也無所謂。她反而很感謝這個機會。

但是，有件事令她擔心。

「派我去好嗎？我演的不是能操作的角色，甚至不是固定班底。」

『在活動裡被幹掉的客串角色是吧！不要緊不要緊。芽玖瑠妳只需要在旁邊陪笑就好

了。』

芽玖瑠不禁心想「那樣也有問題吧？」但還是答應了。

第二天，她依照指示前往攝影棚。

隨著播出時間慢慢逼近，她變得愈來愈緊張。

會這麼緊張並不是因為節目快開始了。

而是因為在自己周圍那群充滿著光輝的人。

「喔、喔——……」

芽玖瑠獨自悶聲感嘆。

以巨大的螢幕為背景，聲優們坐在鏡頭前面。

主演聲優在前方排成一排，其他聲優也在階梯座位上待命。

工作人員看起來正手忙腳亂地到處走動，聲優這邊則是在等節目開始。

許多聲優都在談笑，還處於關機狀態。

以第二代泡沫美少女大野麻里為首，許多非常熟悉的聲優就聚在自己周圍。

這是與配音時截然不同的氣氛。

應該說，這種感覺就像是在眼前舉辦聲優活動一樣。

這該不會是超越第一排的第一排……？最中間？超S座位？相關人士座位？啊，是相關人士沒錯……

總之，自己被帶到了一個非常不得了的座位……

而且，甚至能看到眾人在切換成工作模式之前的狀態……咦？這樣不行吧……我不該看到這個畫面的……雖然還是會看……會死盯著看……會看啊！

身處如此幸福的空間，芽玖瑠腦袋輕飄飄的，在自己的座位上待命。是在階梯座位的最角落。

隨後，旁邊的女性向她搭話了。

漆黑的長髮與很有品味的眼鏡相當適合，是位給人穩重氛圍的女性。

她是隸屬於多里尼提的秋空紅葉。

「柚日咲小姐，聽說妳是來幫北村小姐代打的啊。突然被叫來，真是難為妳了。」

被、被聲優搭話了！

這種粉絲服務是可以的嗎？咦？這樣真的好嗎？不會另外收費吧？

「是。聽說她身體不適。這個時期身體很容易出狀況，真是可怕呢。」

芽玖瑠面帶微笑如此回應。

表面上很完美。不論內心多麼興奮，都沒有表現出來。

由於她和很多人都是第一次見面，剛才已經逐一打過招呼，但就算面對非常喜歡的對象也沒有露出馬腳。

沒問題。可以撐完這個節目。

『總之妳只要表現得很親切，面帶微笑就行了。』

『如果開始急智問答，就打安全牌才是最穩妥的作法。』

吉澤也這樣對她說過。

不管是作為角色還是作為聲優，芽玖瑠都不是那麼重要。

只要不妨礙到別人就行了。

「我和柚日咲小姐是同期喔。妳知道嗎？」

「當然。我經常有在關注秋空小姐的活躍表現。」

她與秋空聊著聊著，開播的時間接近了。

「那麼，要正式開始了。五……四……」

隨著工作人員的倒數，芽玖瑠也在開播前繃緊神經。

話雖如此，她原本是打算徹底當一個印象很好的花瓶……

這時，卻發生了意料之外的狀況。

「各位好～我是飾演艾爾．諾瓦爾的大野麻里——……等等，妳誰啊！」

喊完節目標題之後，演出的聲優正依序向觀眾問候。

此時，前面的大野突然轉頭望向芽玖瑠，大聲地這樣說道。

沒聽說會被這樣點名啊！

由於事出突然，芽玖瑠不知所措地低頭行禮，同時說道：「啊，我是柚日咲芽玖瑠，啊，我飾演的是奈娜特……」

不僅受到所有人的注目，就連鏡頭都朝向這邊，害她瞬間緊張了起來。

大野對此完全不以為意，接連對她拋出話題。

「北村呢？北村去哪了？」

「啊，北村小姐身體不舒服……」

「身體不舒服？哎呀，所以才讓這種可愛的女孩來代打，自己在家睡大覺啊？北村——妳現在很偉大了是吧——！妳就是因為露著肚子睡覺才會這樣啦！來，柚日咲也說她幾句吧。」

「咦？啊，我就不用了……」

芽玖瑠配合著大野，把視線朝向鏡頭如此說道。

其他聲優立刻在旁邊起鬨：「又來了，大野小姐這種地方真可怕。」「別糾纏新人啦，小麻里。」「就是這樣後輩才會怕妳的。」「喂剛才那句話是誰說的？」氣氛頓時熱鬧了起來。

攝影棚內的氣氛頓時輕鬆了許多。

其他演出者也笑著繼續向觀眾問候。

芽玖瑠也頓時鬆了口氣——這時，她才總算注意到自己剛才非常緊張。她放鬆下來，向觀眾問候。

「我是飾演奈娜特的柚日咲芽玖瑠。請多指教。」

「柚日咲，留言有人寫說『剛才聽過了』。」

「我自己也覺得『剛才說過了』啊。」

芽玖瑠開著玩笑回應大野的話，自然到連她自己都感到詫異。

周圍的聲優也因為這樣笑了，留言也跟著熱鬧起來。

這都是託大野的福。

由於大野剛才的行動，將現場轉變成容易講話的氣氛。

原本緊張得沒辦法說話的芽玖瑠也因此一下子就回了話。

她的內心頓時湧起一股暖意，節目愉快地進行下去。

後來，大野有事沒事就把話題拋給芽玖瑠。

「啊，長谷部是第七年來著？那跟北村是同期吧？北村——啊不在。那柚日咲，妳代替她回答。」

「不，北村小姐是第六年呢。」

「竟然答得出來啊。妳挺清楚的嘛。那妳知道北村的出道作品是什麼嗎？」

「是『呼拉圈噗仔』的桐谷茉奈。」

「這也能答得出來啊！喂喂，藍王冠也太可怕了吧。」

「大野小姐，妳剛才說自己沒有與北村小姐共同演出的經歷，不過其實有一次。」

「咦？不會吧。是什麼作品的什麼角色？」

「是『大海輪舞曲』的魚卵。」

「那誰啊！」

「那個，她人都不在場了，妳們可以別聊得那麼起勁嗎？」

儘管經常離題，但節目本身的氣氛非常熱烈。

節目結束之後，演出者與工作人員的臉上都滿是笑容，氣氛也十分柔和。

芽玖瑠也被其他人拍著肩膀說「太好了呢」。

「…………」

要是沒有大野，肯定不會有人對她這麼說。

芽玖瑠能講得這麼順利，能博得大家的歡笑，都是多虧大野把話題拋給她。

是大野讓芽玖瑠有發揮的機會。

「喔，辛苦啦～」

此時有人輕輕拍了芽玖瑠的背，是大野。

她揮了揮手，準備就這樣離開。

「大、大野小姐，非常謝謝妳！」

芽玖瑠不知道該如何道謝，總之先說了感謝的話。

隨後，大野莞爾一笑。

「嗯，加油啊新人。」

大野沒有再多說什麼，走向了其他人那邊。

「…………………」

胸口深處有種莫名難耐的感覺。

芽玖瑠衝出攝影棚後，馬上傳了簡訊給花火。

我想立刻見面。

傳了這則簡訊後，她便前往花火的家。

在夜晚的城市中奔跑，可以看到各式各樣的光芒浮現在黑暗的夜空之中。

「我為什麼會忘記這件事呢。」

她喘著大氣，喃喃自語。

藤井杏奈是聲優粉絲。

對於自己喜歡的聲優，不是追作品，而是追那個人。

她透過廣播或者網路節目等各種節目聽了聲優們所說的話。

像是聲優之間的關係或是逸事，她沉迷於關於她們的那些事情。

就連以聲優為目標的契機，都是在廣播裡聽到的。

如果是那裡——

假如能在那個地方，像大野一樣說話——

「花火！是廣播啊！」

她打開花火房間的門，不顧一切地大喊。

理所當然的，花火頓時露出錯愕的表情。

「怎麼啦，芽玖瑠，這麼興奮？妳突然說想見面，嚇了我一跳啊。妳把自己當成女朋友了？」

「抱歉，擺出女朋友的架子！但妳聽我說！廣播，是廣播啊花火！」

「什麼啦？廣播怎麼了？妳先冷靜下來再講話啦。」

「廣播——就是我的活路。」

花火聞言，歪了歪頭。

芽玖瑠有些著急，直接把還沒整理好的激情宣洩而出。

「如果是在廣播閒聊，就可以讓聲優及對方有發揮的機會。只要知道那個人的魅力，就可以大力宣傳，傳達給聽眾。我很清楚聲優充滿了魅力。因為是這樣的我——所以能透過廣播把這點傳達給許多人。」

花火聽了後想說些什麼，但又閉上了嘴。

她環起雙臂，擺出沉思的模樣，同時回應芽玖瑠。

「芽玖瑠確實是很熟悉聲優沒錯，想必妳可以舉出聲優的詳細資料以及優點。這個我懂，但是在廣播裡講這些，會有趣嗎……？」

聽到花火的回應，芽玖瑠不禁露出笑容。

「搭檔」沒有在這時贊同自己的想法，這種品味讓她忍不住笑了。

「這充其量只是一個要素。花火，妳會聽聲優廣播嗎？」

「嗯──有一段時期好像都在聽喜歡的聲優的廣播吧。像是大野小姐的。」

「大野小姐講話很有趣呢。聽起來有趣的廣播就是會很受歡迎。這點很重要。不過，聲優廣播還有另一個容易受歡迎的要素。那就是──能讓聽眾明白主持人感情很好的廣播。」

花火這次終於皺起眉頭，再次歪頭感到不解。她大概完全沒有頭緒。

芽玖瑠深深吸了一口氣，緩緩開始說明。

「對粉絲而言，聲優之間的關係十分重要。他們會看得很認真。如果主持人感情好，不管怎麼樣都會感覺得出來。然後，大家都很喜歡感情要好的聲優。我也非常喜歡。然後，我和花火的感情很好。」

「嗯，這倒是沒錯。」

認為這部分沒有異議，花火點了點頭。

芽玖瑠一直與其他聲優保持距離，花火好像也受到她的影響，沒有特別跟其他聲優交朋友。

或許是因為這兩個人太合拍了，她們彼此都覺得「只要兩個人在一起就無所謂」。

觀眾喜歡的是「提到○○，就會想到■■」的那種類似搭檔的關係。

雖說並不是有意為之，但芽玖瑠與花火看起來應該就像是彼此獨一無二的搭檔。

芽玖瑠喘著大氣，繼續說道：

「我們感情很好。而且要主持有趣的廣播。就是主持人關係很好，而且有趣的聲優廣播！這就是最佳解答！我會去學怎麼樣主持才會有趣，由我來讓花火發揮。也要讓其他聲優發揮。這樣一來，大家都會很幸福！我今天徹底明白了，這就是我的活路！」

彷彿視野一下子變得開闊。

她無法推開其他聲優自己去搶角色。

與其自己去演，其他聲優去演更讓她開心。

在這種缺乏渴求的狀態下，她不可能跟其他聲優競爭。

芽玖瑠一直在煩惱這點。

但是，也有像大野那樣的聲優。

並不是只能跟其他人搶椅子，也是有讓其他人一展長才的工作。

如果是這種工作，她很樂意去做。

然而，與找到了答案後顯得很興奮的芽玖瑠不同。花火露出困惑的表情。

「等、等一下啦。有趣的聲優廣播？呃，我沒自信耶。我哪有搞笑的才能啊？」

「這方面就從現在開始訓練。我們要去學啊！不管是廣播也好電視也好網路也罷，什麼都無所謂，為了生存下來，我們兩個一起學該如何聊天吧。一起吸收新知。只要努力，肯定

能學會的。」

「咦咦……？」

花火或許是覺得這個提議太過異想天開，不由得睜大了雙眼。

她撇開視線，依然掛著為難的表情陷入沉思。

暫時僵住一會兒之後，她輕輕吐了口氣。

「知道了，就奉陪妳吧。老實說，我還是沒什麼頭緒，不過用來感知聲優的天線，絕對是芽玖瑠比較厲害。如果是為了存活下來，我也會盡可能努力的。」

花火露出柔和的笑容說「而且——」。

「要當個『讓聲優發揮長才的聲優』，我感覺很有芽玖瑠的風格……不對，很有杏奈的風格呢。」

就這樣決定了。

芽玖瑠也並非只是為了表明決心才說出這個提議。

幾週後，預定會開一個叫做「芽玖瑠與花火的我們是同期，有事嗎？」的節目。

身為新人聲優的兩人究竟要做什麼樣的節目呢？

她煩惱了很久，但始終沒有找到最好的答案。

但是從這一天開始，她們便為了即將開播的節目而不斷進行特訓。

她們透過自己決定了方向性，兩人步伐一致，為了主持「感情要好又有趣的廣播」而拚

命努力。

於是，如芽玖瑠所願，「芽玖瑠與花火的我們是同期，有事嗎？」變成了相當受歡迎的聲優廣播節目，柚日咲芽玖瑠被視為能言善道的聲優，備受重視。

「噯～花火～」

「嗯～？」

「找房子該怎麼找啊？」

躺在沙發上的花火聽到這句話，猛然起身。

那是她們兩人在花火的房間悠哉休息的假日。

花火剛才還漫不經心地看著手機，頓時發出意外的聲音說：

「咦？芽玖瑠，妳要開始一個人住嗎？」

「嗯——我在考慮……高中畢業之後，坐電車通勤就莫名吃不消……尤其是早上十點……畢竟早起的習慣也沒了嘛。」

「唔——確實是這樣呢……我之前在想妳怎麼能花上兩個小時搭車，該不會是很喜歡電車吧。」

「就算我喜歡搭電車，每天坐四個小時也會討厭吧。」

芽玖瑠如此回話之後，花火不禁開懷大笑。

自從開始主持廣播，花火就完全變成了一個容易笑場的人。

若是廣播中充滿笑聲，光是這樣就頗具魅力。

明明她一開始只是模仿，不知不覺間她的笑點真的變低了。

「所以我現在正在找房子……花火，妳之前也說在考慮搬家吧？所以我想聽妳的建議。」

芽玖瑠環視了這個房間，如今這裡感覺已經像自己的家一樣。

這裡是花火從養成所時代住到現在的房間，芽玖瑠已經相當熟悉了。

她的牙刷與替換的衣服也放在這裡，過夜的次數早已數不清。

這裡有著許多回憶。

不過，確實是有點太舊太窄了，而且離車站也很遠。

姑且不論還是個窮光蛋的那段時期，現在就算住在更好的房子也不會得報應吧。

花火似乎也有這樣的想法，最近一直在找搬家的地點。

她在嘆了口氣的同時拿起手機。

「我是有在找啦……但搬家很麻煩啊——……首先，找房子這件事本身就很麻煩。就算有中意的房子也很懶得去看。雖然確實是想搬家沒錯啦——」

「喔，正好。麻煩的事情就兩個人在一起的時候解決掉吧。我們一起找。不然乾脆我們兩個一起去看房子。」

「喔——好主意。聽起來不錯喔。突然就有幹勁了。」

後來有一陣子，一起找房子變成了兩人的例行公事。

只要兩個人一起做，大部分的事情都會開心起來。

然後，她們偶然找到了符合彼此條件的公寓，而且還發現相鄰的兩個房間空著——這是稍微之後一點的事情了。

「小夜澄，是不是說一下那邊的事情比較好？」

「啊，是嗎？既然柚日咲小姐這麼說，就聽妳的吧。呃——前陣子，我和要在演唱會出場的人見面了。裡面還有第一次見面的新人呢。」

「啊——是啊。小飾莉和羽衣小姐才入行第一年，還說這部作品是她們的出道作品。」

「是啊～出道作品啊——感覺好像已經是遙遠的過去呢……」

「這裡有個大叔喔。小夜澄，妳才第四年吧。哪是那麼久以前的事情啊。」

「話是這麼說啦，但已經過了足以讓小學生畢業後變成高中生的時間喔？」

「別說了別說了，這種舉例明明很常見但真的很讓人受傷耶。我們這邊還有真正的小學生呢。」

「啊——小薄荷啊。哎呀～這樣一想，真是厲害的組合呢。」

「在我們當中，可以說『不記得自己是什麼出道的』也只有小薄荷了吧？」

「畢竟當時是三歲嘛。」

「這樣肯定不記得嘛。」

「那柚日咲小姐呢？妳還記得出道那時的事情嗎？我好在意妳當時是什麼樣的女孩呢。年紀比現在的我還小吧？」

皇冠☆之星☆廣播！

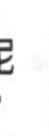

「啊——……是啊。我當時也還是學生呢。妳問是什麼樣的女孩……太久遠了根本不記得了。」

「這裡有個大叔喔。」

「不過，有一點非常確定的，就是當時我還是個什麼都不懂的新人。所以這次我想盡可能地協助新人呢。」

「柚日咲小姐，我也要我也要。來幫我來幫我。」

「我倒是滿常幫小夜澄的喔。」

「咦，是這樣嗎？」

「這孩子真是兒女不知父母心啊。先不開玩笑了。小夜澄是這次的隊長，所以大家都會努力協助妳的。」

「啊——就是啊。演唱會的詳情已經公布了吧？呃——下一場演唱會是以『奎宿九』VS『河鼓二』的形式，所以會分組對抗。」

「是啊。我和小夜澄都是在『奎宿九』這個組合。小薄荷和小飾莉也跟我們一起。」

「沒錯沒錯。而這個『奎宿九』的隊長就是我喔。」

「順帶一提，『河鼓二』的隊長是小夕陽。」

「當隊長對我來說是第一次的體驗，所以有很多地方令人不安——」

to be continued……

「嗯？」

聽到有人輕輕敲著牆壁，芽玖瑠便戴上了口罩。

她同樣敲了敲牆壁，然後走向玄關。

打開門後，她看到熟悉的那張臉正好從旁邊的房間走出來。

「嗨。」

「嗯。」

旁邊的女性露出親切的笑容，將手舉起打了聲招呼。

白色襯衫配上米色褲子，外面披著開襟羊毛衫。

這種打扮很適合身材高挑的她。

頭髮簡單地綁在旁邊，妝容也比較淡。這種自然的感覺非常棒。

她的名字是夜祭花火。

芽玖瑠從養成所時代就與她有交流，現在甚至是彼此的鄰居，獨一無二的摯友。

兩人並肩走在熟悉的路上。

隨著春天愈來愈近，寒意也逐漸消退，但是風依然寒冷。

當兩人走在寂靜的街道上時，花火突然開心地笑了。

「這樣講是不太恰當啦，但我覺得成瀨小姐果然很厲害啊。並不是對吉澤小姐有什麼不滿，確實也是非常感謝她。」

「是啊。畢竟吉澤小姐也說過更換經紀人是難免的，我們遇到了很好的人，只要坦率感到開心就行了吧。」

前幾天，柚日咲芽玖瑠與夜祭花火換了新的經紀人。

她們進入事務所之後，工作上就一直在軌道上，並沒有發生什麼問題。

只是，有時負責的經紀人會定期更換。

這次就是這樣。

吉澤挑了她們兩人都在的時候，跟她們說了更換經紀人的事情。

『咦——！吉澤小姐要被換掉了嗎！為什麼？』

花火如此抗議後，吉澤不禁一臉疲憊地聳了聳肩。

『也沒什麼為什麼，因為上面這麼要求，這也是沒辦法的啊。畢竟更換經紀人算是定期的事項。』

『可是……自我們進入事務所後，一直是吉澤小姐在照顧我們。我不希望吉澤小姐被換掉。』

『……跟芽玖瑠妳們分開，我也覺得很寂寞。我是很想一直照顧妳們，但這件事我也無能為力。』

眼見她邊嘆氣邊如此說道，芽玖瑠感覺到她是發自內心這樣想的。

一直以來都是兩人三腳……不對，幾乎算是三人四腳走到了現在。

其中一個人要離開，自然會有股巨大的失落感。

正當花火與芽玖瑠對此垂頭喪氣時，吉澤用莫名開朗的聲音說道：

『啊，不過。妳們對我的接班人應該不會有怨言。因為是成瀨小姐。』

『咦？是成瀨小姐來當我們的經紀人？好耶——！』

『妳高興成這樣，會害我這個前經紀人心情很複雜耶。』

然後，吉澤不再負責她們，由成瀨擔任她們兩人的新經紀人。

是那位也負責夕暮夕陽的成瀨珠里。

她底下有好幾個走紅的聲優，是藍王冠裡最能幹的經紀人。

今天，由於兩人被成瀨叫了出來，便一起前往事務所。

她們走進藍王冠的氣派大樓，打開指定的會議室的門。

「！啊，辛苦了。來來來，請坐請坐。」

成瀨已經坐在位子上，正在確認資料。

開門的聲音讓她稍微嚇了一跳，肩膀抖了一下。

不過她立刻露出笑容掩飾，敦促兩人就座。

看到她的舉動宛如小動物一樣，花火不禁偷笑起來。

小個子、娃娃臉，莫名不搭調的套裝與大眼鏡顯得很有特徵。

這位女性看起來完全不像年長的人，有種不可靠的感覺。不過實際上她精明能幹，真是人不可貌相。

兩人打過招呼後，在成瀨的對面坐下。

「之前已經通知過了，二位都通過了『皇冠☆之星』的選拔。今天我打算對這件事詳細地進行說明。」

成瀨露出柔和的笑容，同時將資料遞給兩人。

經紀人才剛換，她就立刻通知「有這個試鏡」要兩人去爭取，而這個作品就是「皇冠☆之星」。

「哎呀──不愧是成瀨小姐。照成瀨小姐說的去做就上了。能得到這麼好的工作，真的很讓人開心。」

「不會不會。這全都要歸功於兩位的實力。」

花火會那麼興奮也是在所難免，因為「皇冠」是個很不錯的工作。

這是個會有手機遊戲、電視動畫、活動、演唱會及廣播節目這些各種精彩活動的企畫，出場機會勢必會增加許多。

如果這部作品紅起來，她們的工作自然也會增加。

像電視動畫來說，聲優的工作會隨著每個季度增減。所以對她們來說能持續一段時間的

工作自然是十分難能可貴。

「喔，小夕暮也在。成瀨小姐，妳安插了不少自己負責的聲優進去呢。」

「請不要這樣講啦。」

兩人邊看資料邊談笑。芽玖瑠也看向演員名單。

突然間，她的內心湧起一股暖意。

如花火所說的，夕暮夕陽也會參加這個企畫。

而且還有歌種夜澄，甚至還有櫻並木乙女。

咦？等一下。我推整個排山倒海而來耶，而且這是怎樣？夕姬和夜夜又要共同演出？難道她們感情很好？感情很好嗎？還是說這是粉絲服務？感謝！經紀人很懂啊！是說這實質上就是愛心塔嘛。已經算是愛心塔了嘛。喂喂喂這是祭典嗎？祭典開始了啊。要用這個陣容辦演唱會？這樣根本就是祭典了嘛。是舉國歡騰的祭典啊。大家都來朝聖吧，聖母與天使就在這裡喔！換句話說這是聖誕夜？開春的聖誕快樂？聖誕快樂！謝謝你「皇冠☆之星」！我最喜歡這部作品了！

「芽玖瑠？」

「啊！」

被花火拍了拍肩膀，芽玖瑠頓時回神。

花火窺視著她的臉，不禁露出了苦笑。

「等回家後再開心吧。」

「……就這麼辦。謝謝。」

芽玖瑠道完謝後，重新看向成瀨。

成瀨雖然滿臉疑惑，但沒有特別追問，繼續剛才的話題。

她開始確認行程，並說明之後的計畫。

花火與高采烈地聽著成瀨講這些事情。

芽玖瑠也同樣十分開心。

被丟進充滿著推的空間，這對粉絲而言是這世上最大的幸福。

工作增加，行程變得充實，享受到作為聲優的喜悅。

但是，無論如何——

她都無法笑著說「真是太好了」。

「哎呀，好期待啊。接下來會討論得愈來愈熱烈吧？說我們是皇冠聲優！真是份難得的好工作啊～希望一切能順利就好了～」

結束了與成瀨的討論後，兩人並肩走向車站。

聊著聊著時間就到了傍晚，路燈已經亮了起來。

花火把手環在後腦杓，一臉開心地這樣說道：

「芽玖瑠也很開心吧？畢竟有小乙女和小歌種，連小夕暮都在。這樣就能跟她們一起上課了。」

「還有小薄荷呢。我很開心喔。超級開心。不僅是因為課程，還能近距離看到她們在演唱會後臺的模樣。這根本就是演唱會藍光光碟的特典了吧。而且是全程收錄的VR版。我搞不好會突然流出鼻血。這陣容真的太誇張了。」

芽玖瑠說出了毫無掩飾的真心話後，花火痛快地笑了。

笑聲迴響了一會兒後，花火臉上保持著笑意，目不轉睛地盯著芽玖瑠。

「——雖然妳嘴上這麼說，但表情看起來倒是不太開心呢？」

「…………」

芽玖瑠覺得，自己真的瞞不了花火。

不過她本就沒打算隱瞞。

雖說花火大概已經猜到了，但芽玖瑠還是直接告訴了她。

「我在想，這份工作由我來做真的好嗎？」

芽玖瑠看到演員名單時，內心頓時雀躍不已。

列在上面的名單不僅有自己超喜歡的愛心塔成員，還有薄荷這種變化球，以及帶有新鮮感的新人。

一想到她們的表演、演唱會、聊天，芽玖瑠就滿心期待。

但也正因為如此，自己加到這個陣容當中，讓芽玖瑠內心有種說不出來的怪。

「我在想，會不會由其他聲優來飾演春日比較好。」

這麼龐大的企畫，想必有各式各樣的人參加了試鏡。

競爭率應該也是相當激烈，但自己依然透過成瀨的建議獲得了這份工作。

成瀨對此表現得很謙虛，但若是沒有成瀨，自己肯定上不了。

……這樣究竟是不是正確答案呢？

就算是芽玖瑠飾演的小鳥遊春日，芽玖瑠也能滔滔不絕地講出適合這個角色的聲優。

應該有人更適合這個企畫才對。

花火停下腳步，目不轉睛地盯著芽玖瑠。

隨後，她的眼睛微微瞇起。

「芽玖瑠。妳還在——」

她話說到一半，突然搖了搖頭。

「不。反正芽玖瑠妳自己也知道。我就不說了。」

「嗯……抱歉。」

「沒關係啦。」

兩人簡短地交談。這個話題就此結束。

花火像是要重新打起精神般露出笑容。

「話說。難得接到了好工作，要不要去吃點好吃的？」

「好啊。像烤肉之類的？」

「啊～不錯喔。好，那就這麼定了。哎呀，烤肉這種東西能夠想吃的時候就吃，真是太棒了～」

她們曾經數著零錢，對著眼前的價格乾瞪眼。

但是現在，偶爾奢侈一下也是可以通融的。

芽玖瑠沉浸在平穩的幸福當中，與花火一起走向熟悉的店家。

不過，說實話。

在預料之外的部分，她確實感覺到「這個好像比想像中還要辛苦啊」。

「小夜澄，當隊長好像會很辛苦呢～感覺就很難啊，她能勝任這件事嗎？」

先點燃導火線的人是飾莉。

「皇冠☆之星」第一次進行開會討論。

她們被製作公司叫去，直到剛才都在聽製作人榊進行說明。

歌種夜澄與夕暮夕陽被選為隊長，榊似乎還有話要告訴她們，只把兩人留在會議室。

包括芽玖瑠在內的其他成員來到走廊後，御花飾莉剛開口就提到了這件事。

她隸屬於茶杯，現在入行第一年。十九歲。

與那蓬鬆的頭髮一樣，這位女孩給人的氛圍十分柔和。

她佯裝自言自語的那句話，感覺上更像是在試探周圍的反應。

聽起來也像是在誘導其他人這樣想。

……是自己想太多了嗎？

不過，如果真是那樣，表示這女孩與外表相反，很不好應付。

「哎呀，就是啊。那個人還是高中生吧？而且打扮很像不良少女。我實在無法接受讓那種人當隊長。」

最先呼應她的，是雙葉薄荷。這個女孩隸屬於大吉演藝。

她的演藝經歷比在場的所有人都長，卻才十一歲而已，極為年輕。

應該說，還是個小孩子。

被小學生說「還是高中生」也只能笑了，但薄荷很認真。

由美子被選為隊長似乎讓她感到不滿。

剛才也咬著這點爭論了一番。

正因為如此，她最容易受到飾莉的話誘導。

「……製作人說，她比較著重在角色的概念。」

低聲說出這句的人，是羽衣纏。

她隸屬於習志野製作公司，二十五歲。

在這幾個人當中她最為年長，但和飾莉一樣是入行第一年。

她整體給人的印象稀薄，很難看出她在想什麼。

「誰當隊長都無所謂吧？只要大家一起協助就行了。」

「就是呀。而且夜夜前輩很可靠的。當然夕陽前輩也是！」

花火與結衣接連開口。

那三個人雖然並不是因為這樣就接受了，但也閉上了嘴巴。

「……………」

芽玖瑠也不覺得歌種夜澄和夕暮夕陽適合當隊長。

不如說，正因為把她們選為隊長，才會像這樣發生額外的摩擦。

儘管她是這樣覺得，但也能明白製作方的意圖，想要那兩個人作為隊長互相較勁的構圖。

不對，不如說甚至想拍著製作方的肩膀說「你很懂嘛！」。太感人了。超喜歡這種的。

「柚日咲小姐～」

當大家走向電梯時，飾莉走到芽玖瑠旁邊。

她把身體湊過來，露出柔和的笑容。

「我覺得，如果是柚日咲小姐當隊長就好了呢～」

走在旁邊的薄荷頓時皺起表情。

這個發言很多餘。這女孩是想破壞成員的和氣嗎？

還是說，這也是在觀察什麼反應嗎？

果然很不好對付。

「這種話不適合直接說出來。」

「是這樣的嗎～？」

芽玖瑠冷冷地回話後，飾莉給了模糊的回應。

離開大樓後，芽玖瑠與其他人告別了。

她依照當初的計畫，與花火一起走向飲食街。

確認飾莉她們已經離得夠遠了之後，花火突然笑得很開心。

「那幾個女孩感覺都很有個性呢。看樣子，小夕暮和小歌種這下得辛苦了。」

或許是剛才一直在忍耐，她現在正捧著肚子大笑。

芽玖瑠的感想基本上也是相同，但此時腦海浮現了組合的成員。好像也不盡然是這樣。

「我這邊感覺是很不妙，但花火那邊應該不要緊吧。有妳在，而且還有親近夕暮的小結衣。要是出了什麼問題，妳應該會幫忙她的吧。」

與顯然話中有話的飾莉，還有不中意目前狀況的薄荷相較之下，「河鼓二」看起來相當

和平。

儘管不曉得羽衣纏會怎麼行動，但只要花火與結衣在旁支持著千佳，應該還是會有辦法應付。

花火把雙手插進口袋，像是唱歌那樣說道：

「其實呢，我有從成瀨小姐那裡聽說小夕暮要當隊長的事情。然後她跟我說，『只要小夕陽沒有主動求助，妳就別出手幫她』。」

「什麼意思啦？」

芽玖瑠忍不住露出疑惑的表情。

就算她在傷腦筋也要放著不管。這是什麼想法啊？

花火聽到後笑了，彷彿芽玖瑠這種反應也讓她覺得很有趣。

「誰知道呢？不過，我大概可以明白成瀨小姐的意圖。她應該是希望小夕暮能透過這件事掌握某些東西吧。」

「…………」

意思是期待她有所成長嗎？

假如千佳能作為隊長自發地行動，光是這樣對她來說也無疑是加分效果。成瀨也許是不想放過讓她成長的這個機會。

芽玖瑠認為那確實是必要的。

夕暮夕陽之後將會遇到一道厚重的高牆阻擋她。

因為九月就要辦演唱會了。

「算了，要是她真的管不動的話我就會幫忙啦。如果不會我就在旁守望。畢竟小夕暮是可愛的後輩。羽衣小姐感覺也很有個性呢～」

「這點我好像也感覺得出來。」

儘管幾乎沒有說過話，但羽衣纏散發著獨特的氛圍。

就好像在主動表示自己來錯地方那般，看起來很不自在。

或許也是因為這樣，實在很難想像千佳與纏處得來的畫面……

但是，現在沒工夫擔心別人了。花火說出心裡的想法。

「不過，應該是比妳們那邊好一點。芽玖瑠，妳會協助小歌種嗎？」

「大概會。畢竟這邊要是放著不管似乎會很不妙。」

從剛才的氣氛看來，要是悠哉地觀望的話，狀況會變得很糟糕。

這不是為了由美子。為了讓自己能順利完成工作，芽玖瑠勢必得採取行動。

正當芽玖瑠想著這些事情，智慧手機收到了簡訊。

「！看！花火妳看這個！啥？這已經不是可愛能形容的吧？」

「看不到看不到。什麼東西啊，太近了。」

芽玖瑠興奮過頭，直接把手機貼在花火的臉上。

她慌忙把手機遞給花火，花火立刻看向剛才收到的簡訊。是剛才提到的歌種夜澄傳的簡訊。

『小玖瑠，今天謝謝妳喔～雖然當隊長讓我有點不安，不過我很開心能跟小玖瑠在同一個組合！而且也很放心。我很依靠妳的。一起加油吧～前輩！』

芽玖瑠貼著花火，再次看向簡訊，隨後全身頓時鬆軟無力。

「哈啊啊～好可愛，好可愛喔……這孩子是怎麼樣～別讓我太開心啊……現在要是找我借錢，我會免息把所有存款借給她的……總之先截圖，在每晚睡前看一下……」

「那樣會興奮得睡不著吧？總之妳先回一下啦。要回什麼？」

「『嗯』。好，回了。」

「溫度差也太大了吧。」

花火頓時捧腹大笑。

關於這點，芽玖瑠也沒辦法。

以她的立場來看，回覆反而就算是一種妥協了。

「其實妳大可再稍微關愛她一下啊。反正妳的內在已經曝光了。」

「不能再露出更多馬腳了吧。怎麼，妳要幫歌種說話？妳不願意站在我這邊嗎？差勁。我幻滅了。」

「啥？什麼啦，妳這人真麻煩。我又沒那麼說。不對，剛才那句讓我決定了，我要幫歌

種說話。我也幻滅了。我討厭芽玖瑠。」

「無聊。那是怎樣？我要跟妳絕交。明天就給我搬走。」

「為什麼是我搬啊？是芽玖瑠該出去吧。不願意的話就道歉。」

「抱歉啦！」

「原諒妳啦！」

兩人嬉鬧了一番，同時張嘴大笑起來。

這時，她還沒把事情想得那麼嚴重。

但是，問題兒童們的騷動，來得比芽玖瑠預想的還要快。

首先，在下次集合的時候就爆發了爭執。

芽玖瑠她們要做演唱會的練習，接受訓練員們的課程。

公司幫她們租了課程室，所以會在那裡進行組合練習或是全體練習。

而自主練習也一樣。

公司給出了許可，說只要申請就能待在課程室自主練習。

如果在家練習，音量與動作勢必會受到限制，因此她們非常感激能用課程室。

由美子與薄荷開心得在自主練習的預定表上填了很多天。

然而，忙於打工的飾莉卻沒什麼安排自主練習。

於是，演變成小小的爭執。

儘管留下了禍根，但總算是順利收場……

芽玖瑠一直隱約覺得事情應該不會那麼順利……但也太快起爭執了。

我們可不是小學低年級的男生啊。

芽玖瑠對此感到很傻眼。某天，飾莉與芽玖瑠兩人獨自進行自主練習。

「哎呀，居然和柚日咲小姐獨處。這還是第一次呢～」

「是啊。」

「感覺小夜澄和小薄荷好像一直都黏在一起嘛～」

「是啊。」

在寬敞的課程室裡，兩個人在做暖身運動。

課程室裡設置了一面大鏡子，上面映著身穿運動服的飾莉。

她一臉愉快地笑著，凝視著芽玖瑠。

「柚日咲小姐，妳好冷淡喔～我們好好相處嘛～」

「我不喜歡那樣。如果妳想親近人的話，去找個更會照顧人的前輩吧。」

前輩與同期就自不用說，她也想跟後輩保持距離。

因為要是被人認為容易親近，之後會很麻煩。

但是，今天飾莉的態度很教人在意。總覺得不太對勁。

或許該說，她給人的感覺不一樣。

儘管她臉上依然掛著好似面具般的笑容，但是與其他人在場時相比，眼神深處的神色不一樣。

就好像在誇大這一點，飾莉壓低了語氣。

臉上依然掛著笑容。

「我應該能跟柚日咲小姐打好關係呢。因為我覺得我們很相像。」

聽到令人在意的講法，芽玖瑠忍不住回望飾莉。

「相像？」

八成是指對周圍築起一道牆吧。

芽玖瑠能想到的是這個，但看來猜錯了。對方的表情證明了這點。

飾莉表現出內心的想法，觀察芽玖瑠這邊的反應。

這個囂張的後輩。

芽玖瑠露出諷刺的笑容。

「妳說相像——是指討厭歌種嗎？」

聽到芽玖瑠的回答，飾莉滿意地瞇起眼睛。

她移開視線後說，「妳講得好過分喔」開始嘻嘻地笑起來。

「也不至於說是討厭啦。只是我就覺得，好像沒辦法尊敬她這樣。而且她感覺沒有前輩的樣子，當然也不可能認同她當隊長～」

根本是相當討厭吧。

芽玖瑠早就明白。御花飾莉經常會散發出一種「討厭她們」的氣場，很容易看出來。討厭的不只是由美子，想必還有薄荷吧。

她對薄荷還會稍微留點情面，但是對由美子就表現得挺露骨的。

至少，已經露骨到能讓芽玖瑠感覺到的程度。

畢竟她也是人，會有好惡也是沒辦法。

但是，芽玖瑠實在忍不住想說。

「妳要討厭誰都是妳的自由，但既然是工作，就不要表現出來。又不是小屁孩。因為這樣就把氣氛搞僵也沒什麼好事吧。」

「啊——說得也是呢。我會注意的～」

飾莉高興地回話，真是不曉得她聽懂了沒有。

芽玖瑠不禁嘆了口氣。

說實話，她有沒有表現出來並不重要。

飾莉對由美子有著明確的不信任感。

既然她會特地把這一點告訴芽玖瑠，八成是別有居心。

芽玖瑠感覺今後令人堪憂，這時課程室的門打開了。

「早安——喔，是小飾莉和小玖瑠。」

隨著充滿精神的聲音走進房間的，是天使。

天使將富有光澤的頭髮綁在後面，樣子與平常的辣妹打扮不同。

她的運動裝是露出肚子的款式，更加強調了她活潑的印象。

這種樣子難得一見。

每當她邁出步伐，頭髮就會搖晃，天使的羽毛不斷飛舞。

課程室頓時增加了華麗的色彩。

不用說，那位天使就是女聲優歌種夜澄。

「小夜澄，早～」

「早。」

剛才的態度好像是假的一樣，飾莉笑臉迎人地打了招呼。

芽玖瑠也壓抑內心的激動，一臉冷淡地回話。

儘管飾莉絕對不是這個意思，但芽玖瑠認為她們兩人也許真的很像。都是隱藏著真心。戴著面具。

哈啊～～～～～～好可愛喔～～～～～～～～～～～～

原本負面的心一口氣開花了……天使輕飄飄地降落到荒蕪的大地，重新找回了水潤與

自然……太可愛了……是說，那套課程用衣是什麼？肚臍都看見了！這是可以看的嗎……？可、可以嗎？咦，可以？免費？不不不我會付錢的！不這麼做我可靜不下來！夜夜的肚子是不能免費看的，不可以啊！啊～沒辦法專心練習啊～視線會被吸過去啦～……這孩子真是罪孽深重的女人……本世紀最強的魔性之女……愛妳喔……

「我們三人很難得湊在一起呢。我也要一起做暖身。」

由美子露出親切的笑容，往這邊靠了過來。好可愛。

與她完全相反，飾莉用皮笑肉不笑的笑容回話。

「是呀。畢竟不參加自主練習的話，不知道會被小薄荷和小夜澄說什麼呢～」

飾莉吐出露骨的挖苦。

明明才剛跟她說過「不要表現出來」。

真不知道這是在對自己示好還是在指桑罵槐。

不管怎麼樣，她的個性實在有夠嗆。

芽玖瑠又想嘆氣了，但由美子先一步開口。

「啊——要是小薄荷生氣會很可怕嘛。今天她會來嗎？啊，之前啊，小薄荷好可愛喔。她把黑咖啡……」

「…………」

由美子以平靜的態度帶過飾莉的挖苦，開心地聊起薄荷的話題。

飾莉好像也因此收起了攻擊性，不知不覺間把由美子講的話聽了進去。

不知道是無視了對方討厭自己的事實，還是不認為自己被對方討厭的一種傲慢。感覺兩者都有可能。

飾莉的試探性攻擊無法影響到由美子。

如果不當面明確地告訴由美子「我討厭妳」，感覺由美子就不會退縮。

不對。

『因為討厭妳們。像妳們這種用半吊子的心態在工作的傢伙最讓人火大。我討厭妳們。』

『柚日咲小姐，等下要不要一起去吃飯呢？』

就算當面露出敵意，由美子反而會直接面對呢……

開始感覺不管怎麼討厭她都沒用了……這孩子是怎麼樣……好喜歡……

後來三人做了一會兒自主練習，不過飾莉因為要打工就先行離開了。

芽玖瑠她們也練得差不多就結束了。

之後，芽玖瑠與由美子兩人一起走向了更衣室。

「啊。」

「…………」

看樣子，「河鼓二」也在同一棟大樓做自主練習。

千佳從走廊深處出現，兩邊正好面對面。

由美子與千佳以難以言喻的表情對視著彼此一會兒後，由美子先開口說道：

「怎麼，渡邊也在自主練習嗎？」

「是啊。除此之外沒有來這裡的理由吧。還是說，妳是來這裡開章魚燒派對的？」

「講話可以別那麼嗆嗎？還有，別順便講出妳內心的慾望好嗎？原來渡邊小姐憧憬章魚燒派對啊～？那妳就辦啊，章魚燒單人派對。」

「又來了。我真的很討厭妳這種地方。妳覺得只要人多就顯得優越？真是頭腦簡單呢。妳的腦袋該不會放滿了拉炮吧？」

「哇～小千佳，妳知道拉炮這個詞啊？真是博學呢。明明沒用過也沒見過，居然知道啊。」

「是是是，又來了，妳最拿手的展示優越感。區區派對用品的使用經驗就能讓妳高興成這副德性，可以知道妳的教育水準到哪裡呢。畢竟妳是只要加上『派對』兩字就會高興的民族嘛。」

「這傢伙……哪像妳，連怎麼享受『派對』都不知道吧。妳就算參加章魚燒派對，肯定也只是在旁邊默默地吃著章魚燒。這樣根本只是吃飯嘛。章魚燒單人派對是這個意思？」

「？……章魚燒派對，就是吃章魚燒的聚會吧……？其他還要做什麼……？」

「……呃，嗯，確實是這樣啦。嗯……下次一起辦吧……」

「等一下！什麼啦！妳好好說清楚啊！還有什麼其他的含義嗎……？」

兩人才剛碰面，就近距離地激烈爭論起來。

就好像小狗發出低吼在互相威嚇。

她們的鬥嘴就像廣播的現場直播，看著看著就很開心。真想抱著腿坐在旁邊仔細欣賞。

不過還是得自重一點，芽玖瑠悄悄走向了更衣室。

由美子能當面表達厭惡的對象，或許也只有千佳了。

姑且不論她是不是真的討厭千佳。

歌種夜澄這個隊長給人感覺就像是如履薄冰一樣不太放心。

芽玖瑠擔心得不想把視線從她身上移開，但芽玖瑠自己也有問題要處理。

若是有人說「妳現在是擔心別人的時候嗎？」，芽玖瑠會無言以對。

『柚日咲小姐。請問妳哪天能來事務所？希望妳來拿走粉絲寄給妳的禮物和資料。然後，到時可以順便聊個幾句嗎？』

某天，經紀人成瀨傳來了這樣的聯絡。這次是單獨一個人。

芽玖瑠早就覺得會有這麼一天。

她心想，成瀨肯定不會放過自己的。

「好的。我會去一趟。」

儘管很想直接堵住耳朵，但沒辦法這麼做。

芽玖瑠依言來到了藍王冠的事務所。

她被帶到會議室等了一會兒後，成瀨便慌忙地衝了進來。

「久、久等了。抱歉，突然有電話打來……」

芽玖瑠其實沒有等多久，但成瀨卻一臉歉疚地低頭道歉。她依然是這麼客氣。

兩人稍微進行了工作上的交流，隨後氣氛突然一轉。

看來要進入正題了。

「柚日咲小姐，妳是不是不太喜歡試鏡？」

成瀨滿臉笑容，直截了當地提問。芽玖瑠忍不住移開視線。

發問的方式看似溫和，卻很嚴厲。

芽玖瑠不禁切實地感受到對方是比自己年長的大人。

說不定，成瀨已經看穿了一切才會這樣發問。

由於一直保持沉默也無濟於事，芽玖瑠說出了回答。

「……是，老實說的話。我……確實不太擅長。」

即使換了個比較模糊的說法，本質也不會改變。

但是，芽玖瑠對明確說出口感到抗拒。

成瀨露出苦笑，從手上的文件夾拿出一張紙。

是柚日咲芽玖瑠的個人檔案。

她把那張紙放在桌上，指向演出作品的那一欄。

「柚日咲小姐，妳飾演主要角色的經歷很少呢。不管是動畫還是遊戲，多半都是沒有試鏡的配角。話雖如此，演出的作品數量並不算少。」

沒錯。

主要角色很少的原因很單純，是因為她無法通過試鏡。

然而，拿到角色的方法並非只有試鏡。

若是重要性不高的角色，音效指導及製作方也有可能會透過門路找人。

芽玖瑠多半都是因為這樣被叫去的。

「演出作品若是要辦線上之類的節目時，柚日咲小姐有很高的機率會被邀請參加。因為柚日咲小姐的聊天力在聲優當中也是出類拔萃。柚日咲小姐只要在場，節目的穩定感就會截然不同。」

「謝謝誇獎。」

從對話的走向來看，芽玖瑠不覺得自己在受到誇獎，但還是先道謝。

柚日咲芽玖瑠以一名聲優來說，沒什麼亮點。

她之所以還能繼續做聲優，是因為有很多像是廣播、特別節目與活動等需要話術的工

作。

畢竟她想要當的就是這樣的聲優。

成瀨莞爾一笑，緩緩說下去。

「我開始負責柚日咲小姐之後，陪妳一起去了各種現場。我認為，我以自己的方式理解了柚日咲小姐。我起初還以為柚日咲小姐對工作沒有那麼多熱情和意欲。」

因為沒有幹勁，所以無法拿到工作。

所謂的試鏡，就是做了萬全的準備，累積時間與努力，卻還是無法通過。

要是在其中哪個環節怠惰，通過的機率就會進一步下降。

如果是這樣的話，就是個淺顯易懂的簡單構圖。

「每個人的工作方式因人而異。如果說是想照著自己的步調來工作，那這件事也不用再多說什麼。但是，柚日咲小姐並不是這樣對吧。妳是個非常認真又勤勉的人。配音的工作當然也是會認真完成。在廣播這類的工作也付出了非常多心力。我覺得妳非常有意欲。拿到工作的時候，也會打從心底感到開心。」

「比如」——成瀨繼續說道：

她好像想起了什麼事，淺淺一笑。

「妳之前接到手遊的工作時，表現得相當開心呢。還偷偷擺出勝利姿勢。很可愛喔。」

「請不要這樣……」

她看得很仔細。被她指出這件事，芽玖瑠頓時面紅耳赤。

因為那部作品的主角是櫻並木乙女。

只要有活動，想必就能和乙女在一起，那她當然會握拳。

成瀨換回原本的表情，繼續以認真的語氣說道：

「若是有工作上門，妳就會認真付出。所以才會不斷收到工作。有許多不需要試鏡的工作……這件事本身非常了不起。但是——不能以此為理由讓自己不在試鏡時豁出全力。」

「…………」

被說中了核心。

要死鴨子嘴硬是很簡單，但芽玖瑠做不到。

就算這樣做，也對成瀨不管用。

眼見芽玖瑠沉默下來，成瀨以平靜的語氣說道：

「柚日咲小姐是有意欲的。但是，唯獨試鏡的時候缺少了氣勢。還差一步，無法放手一搏。沒有徹底發揮出實力。這樣是不行的。不是說沒辦法透過試鏡就不好，但這是態度的問題。再這樣下去——」

成瀨講到這裡就停住了，但芽玖瑠能猜到她想說什麼。

即使如此，芽玖瑠還是忍不住想去依靠。

她所期望的理想中的聲優。

「讓聲優發揮長才的聲優」。芽玖瑠選擇了用廣播讓大家幸福的這條路。

只要實現理想，應該就不用背負這種痛苦了吧？

並不是沒有工作。

努力也並沒有懈怠。

也因此確實得到了一些成果。

現在能夠將話術作為武器加以運用。

只要這樣積累下去，是不是總有一天能觸及理想呢？

芽玖瑠這樣夢想著。

當然，成瀨說得沒錯，若是芽玖瑠能全力以赴的話，現狀也許會有所改變。

成瀨幫她談來的試鏡，都經過了深思熟慮。

配合芽玖瑠的聲線與知名度，也強調活用她話術的方法，仔細地對症下藥。成瀨的建議也很一針見血。

「皇冠☆之星」就是如此。

花時間徹底地練習，實際上也藉此贏得了角色。

說不定只是運氣好，但芽玖瑠久違地飾演了主要角色。

但是——她卻始終對自己處在那個地方感到不對勁。

正當芽玖瑠陷入沉思，成瀨以柔和的聲音繼續說道：

「柚日咲小姐。我認為柚日咲小姐有很高的才能，肯定能成為很厲害的聲優。我認為如果是妳……有一天甚至能背負起藍王冠的招牌，成為任誰都憧憬的聲優。只要妳肯踏出那一步就行了。」

任誰都憧憬的聲優。

背負起藍王冠招牌的聲優。

只是這樣一想，她就感覺內心湧起一股震撼的情感，但對象並不是自己。

芽玖瑠對她自己並沒有抱有那種期待。

假如這些話是對夕暮夕陽說的，芽玖瑠肯定是舉雙手贊同。

因此，她對成瀨這番話依然是不為所動。

成瀨或許是發現了自己沒能打動芽玖瑠，顯得有些失落。

她就這樣緩緩開口：

「……吉澤小姐一直在等著。等著柚日咲小姐能真正發揮實力的那一刻。但是，我沒有繼續等待的自信。讓才能就這樣沉睡，實在是暴殄天物。柚日咲小姐，妳已經不是新人了。還請妳牢牢記住這一點。」

「……知道……了。」

芽玖瑠只能無力地如此回答。

芽玖瑠有氣無力地走在事務所的走廊。

現在的表情一定很陰沉吧。

始終不願正視的現實被直接擺到眼前，強迫自己意識到這點。正因為她十分清楚是自己不對，才會被這個事實所壓垮。這導致她的情緒無比低落。

「再這樣下去不行……這種事我也知道啊……」

她嘟囔的這句話，沒有傳到任何人耳裡，慢慢墜落。

聲優業界並不天真。並不是個天真的世界。

明明應該對這點心知肚明，自己卻反而做出了比任何人都天真的行動。

「真是……我到底是哪來的臉對別人說教啊。」

高高在上地對後輩講了那麼多，自己卻是這副德性。

到底是哪來的臉說得出這種話。

「唔……」

此時，芽玖瑠偶然看到了剛才提到的後輩。

從走廊深處走來的，是夕暮夕陽。

她穿著看過好幾次的制服裝扮，長長的瀏海晃啊晃的。

她是同一間事務所的聲優，芽玖瑠偶爾會在事務所裡面遇到她。

最近因為「皇冠」的工作經常碰面，所以看到她其實也沒那麼稀奇。

不過就算是這樣，能看到她還是讓芽玖瑠很開心。

只是看著那端正的五官與意外嬌小的身體，就能讓她產生幸福的感覺。

謝謝妳，夕暮夕陽。稍微有點精神了。

「嗯。」

「……啊。妳好。」

兩人在走廊上擦肩而過。

畢竟不是某個很愛親近人的可愛小狗型辣妹（天使），千佳即使見到芽玖瑠也沒什麼特別的反應。頂多是平靜地點頭打招呼。

其實這樣就好似高傲的貓一樣，也滿美麗的。柔順的頭髮晃盪的感覺實在很棒。大飽眼福。

芽玖瑠也只是冷淡地發出甚至稱不上打招呼的聲音。

這是芽玖瑠所期望，淡漠且不會深交的關係。

如果是平常的話，應該就這樣結束的。

「柚日咲小姐。」

芽玖瑠被千佳叫住，不禁回頭望去。

千佳快步跑過來。什麼？美女就不要用跑的啊。對心臟不好。

「……怎麼了？」

芽玖瑠壓抑著差點浮動的心，一臉疑惑地回話。

由美子也是這樣，一旦她們主動來接觸自己，肯定不會有什麼好事。

所以芽玖瑠保持著戒心，但千佳沒有在意，開口說道：

「有件事情希望跟妳商量一下。」

「啥？」

芽玖瑠忍不住發出錯亂的聲音。她認為這也是應該的。

千佳會主動提出這種事就很出乎意料了，商量的對象是芽玖瑠也很教人意外。

只覺得很不對勁。

儘管有不好的預感，但芽玖瑠決定先問一下她的理由。

「為什麼找我？妳討厭我吧。」

「我確實不擅長應付妳。」

「妳還真不可愛啊……一般會對想商量的對象說這種話嗎？」

芽玖瑠忍不住嘆氣。

雖然坦率是種美德，但千佳這樣純粹是不討人喜歡。

儘管千佳擺出了這種態度，但是芽玖瑠問的明明是「討厭」，千佳還特地換成了「不擅長應付」，讓芽玖瑠內心差點偷笑起來。

不是討厭啊……是這樣啊……原來我沒有被討厭啊……啊，是嗎？嘿嘿。

這句話就讓芽玖瑠暈頭轉向了，但與此無關，她這種態度本就很有魅力。

千佳面對由美子的時候會表現出內心的感情，但對其他人多半是以平靜的語氣說話。真是受不了的酷。配合她那有些陰沉的外表，實在是非常帥氣。再加上她那冷靜的聲線，真是，真是太……！她的低音穿過鼓膜傳遍全身，沁入心脾。然而她其實嬌小玲瓏，這種反差真是要人命。這孩子太罪惡了……存在本身就是種罪……而且她還有很孩子氣的地方，根本是反差萌的多段攻擊。也堆太多要素了吧？打算殺死我幾次？我是不死之身嗎？就算是不死之身，看到這孩子也會死的。

絲毫沒有表現出內心的波瀾，芽玖瑠表面上依然露出了傻眼的表情。

「如果不擅長應付我，就不要選我當商量對象。找別人不就行了。」

對此，千佳迅速地回應說：

「雖然不擅長應付，但作為一名聲優我是尊敬妳的。」

「…………」

啥？好可愛。別在這種時候表現得討喜啊。這樣會讓人高興的吧。

然而，差點浮動的心好像在這個瞬間被潑了冷水一樣。

「柚日咲小姐很徹底地表現出職業聲優該有的態度。我認為這點非常厲害。」

這是芽玖瑠不想聽到的。

千佳肯定別無他意。她應該是真心這樣認為。

她這個女孩本來就不會拍別人馬屁。

正因為這樣，才說到了芽玖瑠的心坎裡。

欺騙後輩，獲取虛偽的尊敬，這讓她的內心彷彿被玻璃刺穿那般疼痛。

「……沒有那種事。才沒有、那種事。我沒有資格被妳這麼說。」

「？柚日咲小姐？」

或許是因為她的嘟囔很小聲，千佳似乎沒有聽見。

芽玖瑠將幾乎崩潰的表情恢復原狀，以極快的語速組織否定的話語。

「雖然我不是很懂，但妳去找其他人吧。我討厭妳。也沒有義務聽妳商量。」

她淡淡說完，迅速逃離現場。

這是一如既往的自己。還沒有崩潰。

沒問題。沒問題的……

儘管她這樣說給自己聽，此時卻被用力地拉住了。

千佳抓住她的手臂。這種舉動再怎麼樣還是讓人不高興。

「幹嘛？我的話已經說完了啊。」

「請不要單方面結束話題。我說過想找妳商量了。」

小孩子嗎？好好聽人說話啊，真麻煩。

芽玖瑠打算像這樣撂下狠話。但沒有如願。

因為，千佳強行把她拉了過去。

接著順勢「咚」的一聲，把芽玖瑠按在牆上。

千佳用手撐著牆壁，一口氣把臉湊過來。

「請聽我說。」

「？？？？？？？？？？？？？？？？？？？？？？？？？？？？？？？？？？？？？？」

什麼狀況？？？？？？？？？？

被夕暮夕陽壁咚了？？？？？？

千佳與芽玖瑠的身高並沒有太大差距。

因此，身體幾乎整個貼在一起，臉也異常靠近。

「妳、妳妳妳妳、妳妳妳、妳這是、在、幹什麼……？」

聲音高了八度，音量亂七八糟，但芽玖瑠總算發出了聲音。

她在差點失去理性的狀態下努力穩住陣腳，然而也只是只靠小指在懸崖邊撐著身體。

腦袋一片空白，滿臉通紅。眼睛開始打轉。

心跳聲變得大到不行，不僅吵還很痛。胸口好難受。要死了。

呼啊啊。呼啊啊。呼啊啊。咻——咻——咻——

好吵，這聲音是怎樣……啊，是自己的呼吸變急促了嗎……啊啊……

相較之下，千佳以平淡的語氣回答。

「夜有告訴我，如果要向柚日咲小姐拜託什麼事情，就這麼做。」

啊，聲音好好聽……！

不對，歌種那傢伙……！謝謝！不對，竟然教她多餘的東西……！

不行，腦袋轉不過來。

因為因為！眼前就是夕暮夕陽的臉啊！

雖然打扮不是平常的夕姬，但如果是這個場景，長長的瀏海擋住眼睛反而更適合……根本是王子殿下嘛……應該說，夕姬的臉果然好好看……是不是經常被人說是美少女……？又是美少女又是王子殿下？啥？

正當芽玖瑠混亂的時候，千佳繼續說下去。

「我沒有自信能像那個女人一樣把柚日咲小姐取悅得很好。不過好像還是有一定程度的效果，太好了。」

「啊哇哇哇哇哇請不要在我耳邊低語……！」

啊啊不行了，感覺要瘋了……！誰來、阻止她，請阻止她啊……！

腦袋輕飄飄的，都感覺要融化了。千佳見狀，便趁勝追擊。

她把臉湊到耳邊，用美妙的聲音低喃。

「Peperoncino。」

莫名其妙。

雖然莫名其妙，但芽玖瑠頓時腿軟。

她渾身都沒了力氣，彷彿腦漿被倒出來一樣。

接著，她就這樣癱坐在地。

「……看妳高興成這樣，老實說我也有點嚇到。」

「……殺了我吧……」

千佳露出傻眼的表情俯視著芽玖瑠。芽玖瑠羞恥到整個人都不對勁了。

為什麼要受到這樣的屈辱……

她不是說尊敬我嗎……

好想就這樣消失……正當芽玖瑠如此祈願時，千佳蹲了下來，讓兩人的視線對上。

「所以，柚日咲小姐。妳現在願意聽我說話了嗎？」

千佳與由美子不一樣，並不會因為想惡作劇就調戲芽玖瑠。

想必是有不惜模仿由美子也想問她的事情吧。

歸功於這種想法，芽玖瑠終於重新打開「聲優前輩」的開關，強行讓自己進入狀態。

她搖搖晃晃地起身。畢竟繼續坐在地上也太不像話了。

她長長地嘆了口氣，搔了搔頭。

「……我就勉強聽聽吧。什麼事？」

千佳微微睜大雙眼。

然後，她就這樣喃喃說了一句。

「能如此乾脆地切換狀態，實在讓人驚訝呢。」

「我回去了。」

「不讓妳回去。」

「請不要握我的手～……」

剛才明明是千佳不對，但芽玖瑠感覺抵抗的話自己的立場會愈來愈危險……

雖然與由美子不同，但也很麻煩……

眼見千佳不斷逼近，芽玖瑠把視線從她身上移開，向千佳說：「趕快說啦……」

於是，千佳終於點頭了。

她以炯炯有神的目光投向芽玖瑠，開始組織話語。

「我想請教妳關於隊長的事情。隊長應該做什麼，該如何行動，該思考什麼。符合隊長的行動到底是什麼。柚日咲小姐，妳認為呢？」

「隊長……是嗎？」

芽玖瑠早就認為她會問這個。

既然千佳都特地來問了，代表她可能也是走投無路了。

想必她已經找花火商量過，而花火應該也幫忙了吧。

回去之後再找花火聊這件事吧……芽玖瑠這樣想著，同時回覆了千佳。

「是關於羽衣小姐？」

「妳看得出來嗎？」

千佳眨了眨眼。

「如果是妳的隊伍，問題大概就那邊吧。不難猜到。」

假如纏是個沒有任何問題的人物，千佳自然不會來找芽玖瑠。

至於該怎麼辦，芽玖瑠無法回答這個問題。因為她不是很清楚纏這個人。

但是，假如這樣也無所謂的話，那還是能告訴她一些事。

「我沒有仔細觀察過羽衣小姐，但我看得出她有自己的一些想法。因為心存芥蒂而無法發揮力量，其實這種事情很常見吧。如果妳想做些什麼，充其量也就是了解她的心事，幫她解決煩惱吧？」

說完以後，芽玖瑠不禁很想笑，因為她覺得這根本是在自我介紹。

竟然說什麼因為心存芥蒂而無法發揮力量。

但是，倘若當事人不打算解決這個問題，周圍就算伸出援手也沒有意義。

不過，她是不會把這種自嘲的話說出口的。

「其他呢，我想想。妳——」

雖說也不是一時湧起了興致，但芽玖瑠還是把能說的告訴千佳。

因為，千佳八成比歌種夜澄還要對隊長的立場感到不知所措。

千佳默默地聽著，當芽玖瑠說完後便鄭重地低頭道謝。

「非常感謝。妳說的很有參考價值。」

芽玖瑠努了努下巴並「嗯」了一聲。

聽到千佳坦率地對自己道謝，芽玖瑠感覺心裡癢癢的。畢竟之前發生過那種事。

不過，雖說夕暮夕陽是個不討喜的後輩，但她不常對自己頂嘴。

她對芽玖瑠正面展露出攻擊性的次數，也真的是屈指可數。

比方說。

『——局外人可以少在那邊嘰嘰喳喳嗎？什麼叫搞錯應對方式？只會放馬後砲還沾沾自喜，這種行為還真是沒品呢。想要擺出前輩架子的話，可以先透過經紀公司再說嗎？』

她的搭檔被罵得焦頭爛額的時候。

當芽玖瑠想起過去針鋒相對的那段往事時，千佳清了嗓子。

怎麼了？芽玖瑠這樣心想看過去，發現千佳的視線不斷漂移。

她無法裝作若無其事的樣子，這樣問道：

「話說，柚日咲小姐……夜、怎麼樣？那邊順利嗎？」

——哎呀呀。

說不定，千佳最想知道的是這一點。

她們是彼此的勁敵。

既然立場上同樣都是隊長，勢必會在意對方的狀況如何。

如果老實回答，可以告訴她「那孩子也有各種煩惱喔」。

這樣也許能讓千佳也稍微鬆一口氣。

但是，千佳剛才讓自己受到那樣的對待。

這不禁讓芽玖瑠有點想欺負她。

「這種事情，去問她本人不就好了。畢竟妳們在同一班，也一起主持廣播啊。」

「能做到我就不會那麼辛苦了。」

千佳快速把臉撇開。

芽玖瑠心想「的確啦」差點忍不住笑出來。真是個可愛的後輩。

此時，她忽然想起由美子。

由美子也和千佳一樣，曾對芽玖瑠動認真地發起脾氣。

『我就是在說妳們這種警戒心不足的地方不配稱為職業聲優。還是說夕暮，要不要我幫妳拍照啊？妳很喜歡照片被傳到網路上吧？』

『——啊？』

無論芽玖瑠怎麼辱罵由美子，她也不太會「動怒」。

由美子會表現出強烈怒火，不也是在自己的搭檔受到侮辱的時候嗎？

「……咦，怎麼？差不多該結束開場閒聊了？我不要！我還想再多聊一下這個話題！」

「不，已經夠了，也沒什麼好說的。妳怎麼都不會膩啊。」

「不會吧，芽玖瑠突然好冷淡！什麼啦——原來我孤立無援嗎——」

「說起來，開場閒聊也聊太久了啊。現在幾分鐘？十三分鐘？笨蛋笨蛋，又——要被聽眾嘲諷我們不會分配時間了！好了，芽玖瑠與！」

「花火的！」

「『我們是同期，有事嗎？』」

「就是這樣，第267回『芽玖瑠與花火的我們是同期，有事嗎？』開始了。這個節目是身為藍王冠同期的我們兩人愉快聊天的廣播節目。」

「好……哎呀開場閒聊真的聊太久了啊。一開心就聊個沒完沒了呢。今天是那個吧？來信還是單元部分應該要砍掉了吧？」

「要砍掉哪邊？啊，不小心以砍掉為前提接話了……好的好的，單元。」

「嗯，的確。畢竟我們本來就因為自由閒聊聊得太嗨，完全不讀來信。」

「抱歉啊，各位聽眾。」

「感覺每週都在道歉呢。」

「因為我們每週都在重蹈覆轍嘛。完全不會學到教訓。就是這樣，第一封……呃——化名『大叔臉高中生』同學的來信。『玖瑠瑠、花親，妳們

弃玖瑠與花火的我們是同期，有事嗎

好！』。」

「嗨——你好。」

「『玖瑠瑠在推特上發文說，為了「皇冠☆之星」的演唱會，大家正在一起努力上課。我非常希望聽聽練習時的趣事！』。」

「你應該要寄給『皇冠』的廣播吧？」

「那我先轉發一下。」

「好，下一封來信……這樣也太可憐了，還是講一下吧。我想想，最近的飯很好吃呢。」

「這人根本沒聽來信的內容啊。」

「不是不是。妳想想，我們不是很努力練習嗎？所以呢，肚子實在是好餓好餓。」

「啊，是這個意思？原來如……不對，結果妳還是無視了『希望聽聽練習時的趣事』這個問題啊。算了……我最近也吃得比較多就是～」

「確實吃很多呢。」

「因為就快演唱會了，我還是得減肥就是。不過，畢竟有在運動嘛。課程也上得很努力對吧？因為有在消耗卡路里，感覺應該正負相抵了。」

「聽說這個人站上體重計後發出了慘叫。」

「因為這樣體重還增加也太奇怪了吧！很過分耶！也太殘酷了！我都運動了，難道連吃飯都還要忍嗎！」

to be continued……

「芽玖瑠啊，我去一下廁所，等我一下。」

「要我跟妳一起去嗎？」

「哎呀～好溫柔～雖然好像可以感受一下當學生的心情，但我敬謝不敏，妳先在這等我吧。」

「芽玖瑠與花火的我們是同期，有事嗎？」的錄音結束後，芽玖瑠說著「辛苦了～」移動到走廊，與花火進行了這樣的對話。

目送花火走向廁所後，芽玖瑠一個人呆呆站在走廊等著她。

「喔，是小玖瑠。妳剛錄音結束？是『我同』嗎？」

這時，穿著運動衫的女性跟她搭話了。

是編劇朝加美玲。

她頭髮亂成一團，沒有化妝，額頭上貼著熟悉的退熱貼。

雖然她的容貌看起來亂七八糟，但是一個很可靠的編劇。

與芽玖瑠也有很長的交情。

芽玖瑠回覆她的問候，接著朝加笑咪咪地開口說道：

「小玖瑠，妳最近狀況好像不錯嘛。」

「是嗎？」

芽玖瑠以聽起來不會給人壞印象的程度，簡短回應。

朝加露出溫柔的微笑，回答她。

「有這個感覺喔。我想妳工作應該很順利吧。『我同』和『芽轉』的感覺都很不錯。再說『皇冠』好像也是份很大的工作。」

「啊——……該怎麼說呢……」

芽玖瑠忍不住發自內心露出難以言喻的表情。

確實，「皇冠☆之星」是份很好的工作，是份很大的工作。

多虧了成瀨的手腕，其他工作也增加了。

但是，她依然沒有通過試鏡，依舊抱著問題。

而且，「皇冠」沒有廣播裡說的那麼輕鬆，也沒那麼順利。

這時，她忽然有了個想法，便望向朝加。

「……話說，朝加小姐。歌種怎麼樣了？她在『皇冠』那邊好像面對了不少難題。那邊的節目現在是什麼狀況呢？」

芽玖瑠直截了當地發問後，朝加稍微眨了眨眼。

也許是因為她感到意外吧。

朝加這個人的優點就是不會在這種時候追根究柢。

如同芽玖瑠所期望的那樣，她只會回答被問到的事情。

「這個嘛。她在節目裡當然沒有表現出來，不過好像真的快撐不下去了。她現在另一個工作的現場狀況非常糟糕，加上畢業出路的事情。在『皇冠』是要當隊長來著？我也想盡可能幫忙她，不過如果是節目以外的事情我也無能為力啊。」

朝加將手抵在下巴，發出沉吟。

芽玖瑠不禁心想「也是」。

由美子也背負著許多問題。

她對於依靠大人不會猶豫，與朝加也有私底下的交集，所以確實有可能會找朝加商量。

然而就像朝加說的，想必有很多事情在節目以外無法幫上忙。

關於「皇冠」那方面，果然必須由自己出手相助……

正當芽玖瑠陷入沉思時，朝加指向了走廊深處。

「不然，妳要不要去看高中生廣播的錄音？待會兒就開始了。」

「………………」

別提出這麼吸引人的提議啦……差點就反射性地回說「要去！」了……

在聲優的廣播節目裡，偶爾會有其他聲優進入控制室。

如朝加所說，那算是參觀或者問候。

而且主持人有時候也會做出反應。

氣氛會變得與平常不同，能藉此窺知對方與那位聲優的關係。芽玖瑠非常喜歡這種發展。

最重要的是，她想看。

高中生廣播的現場錄音……看到現場的夜夜與夕姬……

「不了。謝謝妳的好意。況且花火也在。」

她用鋼鐵的意志拒絕了。

儘管內心不斷喊著「想去想去想去——！」，但她還是設法壓抑住了。

而且從朝加剛才的話聽來，她覺得不能繼續悠哉觀望下去了。

不出所料，事情爆開了。

發生了問題。

踩到地雷的是薄荷。

「奎宿九」與「河鼓二」第一次聯合練習。

由美子與薄荷自主練習了不少次，芽玖瑠則是經驗豐富，這三個人基本上順利完成了聯合練習。

「奎宿九」裡發生問題的人，只有飾莉。

她跳錯了舞步，還差點撞到別人。

正因為第一次上課時受到了誇獎，被薄荷她們超越勢必讓飾莉本人很受打擊。

這時，薄荷還落井下石。

『總之，這就是自主練習的成果。御花小姐也得多練習一下。妳之前說過打工很辛苦，但可以想個辦法解決吧？應該要減少打工，騰出時間才對喔。』

之前，她們就曾因為這件事發生過一次爭執。

當時明明已經認為「這也沒辦法」而結束這個話題。

薄荷偏偏卻在這個時候翻了舊帳。

『對不起哦，小薄荷。我沒辦法依靠父母～因為我家很窮。我說要當聲優的時候，他們也是大發雷霆呢～幾乎已經斷絕……啊——好像已經不當我是女兒了。窮人追夢或許會讓妳覺得不愉快，但我希望妳能通融一下呢。』

在氣氛差到不行的狀態下，飾莉以「要打工」為由走出了課程室。

由美子不禁臉色鐵青，追上飾莉。

芽玖瑠也扔下因失言而受到打擊的薄荷，去追另外兩人。

儘管兩人在走廊裡講了些什麼，後來飾莉還是一個人離開了。

看到由美子的表情，芽玖瑠認為事情肯定沒有解決。

她制止了伸出手的由美子，跑過走廊。

「小玖瑠。」

「別跟過來，不然會變得更麻煩。」

由美子跟去反而是幫倒忙。飾莉肯定不會聽她說話。只能由芽玖瑠自己去。

由美子依言停下腳步，於是芽玖瑠去了飾莉身邊。

「御花。」

芽玖瑠追上飾莉，向她搭話。

因為飾莉立刻停下腳步，芽玖瑠暫時鬆了口氣。

但是，她依然背對著芽玖瑠，沒有回應。

但芽玖瑠發現她的肩膀在顫抖，姿勢也慢慢地往前傾。

不久，她的情緒爆發了。

「好、好生氣喔～……！是怎麼樣啦，有夠麻煩……！不過就是一個沒打過工，住在老家的小屁孩……！」

「……………」

她壓低音量，咒罵著對方。她在宣洩自己的感情。

芽玖瑠第一次見到這樣的飾莉，不禁愣在原地。

但是沒過多久，芽玖瑠就吐出一口氣。

飾莉立刻露出責備的視線看了過來。

「怎麼了，柚日咲小姐？」

「沒。看妳比想像中還沒事，我就放心了。」

「啥？哪裡沒事啊。我超生氣的耶。」

飾莉一臉嫌棄地皺著臉。她肯定不會讓另外兩個人看到這種表情吧。

正因為如此，她才會在芽玖瑠面前表現出來。

因為芽玖瑠討厭歌種夜澄。

芽玖瑠再次覺得，幸好是自己追上來。

飾莉嘆了口大氣，接著撥起頭髮。

「我果然討厭那兩個人。明明在家人的呵護下長大，還擺出那種架子。我也想自主練習，但生活過得很拮据，所以才會打工啊。被年紀小的人那麼說……為什麼，為什麼我非得這麼可憐啊……」

似乎是說著說著變得難受了起來，飾莉的眼眶泛出淚水。

儘管聲音顫抖，但並非剛才的那種憤怒，而是另一種感情使然。

她好像不想被人看到這樣的自己，隨即轉身背對著芽玖瑠。

她用袖子用力擦了擦眼淚。

芽玖瑠嘆了口氣，對著她的背影搭話。

「御花。妳剛才說要打工，馬上就要去嗎？」

「……那是為了離開那裡的藉口～是有打工，但還要再晚一點。」

「那陪我吃晚飯吧。這種小錢我還出得起。」

聽到芽玖瑠的話，飾莉「唔……」的沉吟一聲。

她戰戰兢兢地回過頭，但表情明顯充滿著糾結與猶豫的神色。

「妳、妳要請我吃飯嗎……」

「是啊。如果妳可以接受我選餐廳的話。」

「……但、但是但是，這樣我要是跟過去，不就像是被食物釣到，感覺是有人請客才跟過去的嗎～……」

飾莉擺弄著手指，低聲說出自己的想法。

其實也無所謂啊。

這孩子在意的地方真奇怪。

還是說，她有自己的一套美學或基準嗎？

芽玖瑠沒有義務去在意這種事，於是冷淡地回答。

「前輩請後輩吃飯，這種事沒什麼好奇怪的吧。好了，我們走吧。」

芽玖瑠帶頭快步往前走。

飾莉雖然猶豫了一下，但還是一臉怯生生地跟了上去。

她們換好衣服走出大樓，默默地在街上走了一會兒。

或許是因為剛才的事情而讓氣氛很尷尬。飾莉恢復原本的語氣，試探性地開口說道：

「柚日咲小姐居然會為我做這種事，好意外喔～我聽說妳不太常跟其他聲優交流。」

「這是事實。現在也只是因為妳才第一年。否則我不會邀妳吃飯。」

「喔……意思是妳願意溫柔對待初出茅廬的新人嗎……？」

不是那樣。

只是她還沒把御花飾莉視為一名聲優看待。

即使現在還好，只要飾莉不斷累積工作經驗，她就有可能把飾莉視為聲優喜歡。這樣一來，若是不築起高牆保持距離，芽玖瑠肯定忍受不了。更別說一起吃飯了。

其實為了明哲保身，她現在也很想避免與飾莉交流。

但是，不好好協助隊長是不行的。

當然，芽玖瑠並沒有告訴她這些事，而是默默地前往目的地。

她帶飾莉來的是曾經頻繁跟花火去的定食店。

雖說最近比較少去，但那種別具風味的古樸店面很讓人安心。

「歡迎光臨。喔，小玖瑠！好久不見了呢。」

她打開門後，阿姨立刻露出了笑容。

「好久不見。我們兩個人，有位置嗎？」

「行行行，妳們隨便坐！今天……是帶後輩來嗎？小花火之前也是忽然跑來了呢～妳們

兩個下次再一起來吧。」

「好。我會再來。」

當我與阿姨進行簡單交流時，飾莉顯得很不自在。

唯獨話題拋到自己身上的時候，她才會驚慌地低頭行禮。

兩人坐到座位之後，飾莉依然不斷地在東張西望。

「這裡不僅便宜好吃，量也很多。炸豬排的話，沒有比這裡更好的店。花……我的同期在沒有錢的時候經常光顧這間店。我會把錄音室附近的這種店挑出來給妳。啊，對飯量沒自信的話記得要點小份的。」

「好、好的。」

她好像不常來這種定食店，從剛才開始就靜不下來。

那種反應很有十幾歲女孩的感覺，也不能算是不討喜。

正當芽玖瑠把各種餐廳告訴飾莉時，炸豬排定食擺到了兩人面前。

飾莉雖然猶豫了一番，最後還是選了普通分量。芽玖瑠則是選了小份的。

飾莉緩緩咬了一口炸豬排後，隨即瞪大雙眼，開始迅速把飯塞進嘴裡。

「好好吃……」

「那就好。」

兩人吃完後喝著熱茶，此時飾莉也終於冷靜了下來。

她再次望著空無一物的餐具，把輸入筆記的手機放在桌上。

她畢恭畢敬地深深低頭行禮。

「多謝款待。另外，謝謝妳告訴我餐廳的資訊。這份恩情我沒齒難忘。」

「太誇張了。」

芽玖瑠用鼻子哼了一聲，心想「這玩笑也太爛了」。

但是，飾莉抬起頭說「不，我是認真的」。臉色非常正經。

「不會啦，其實也沒有很貴……」

芽玖瑠反而感到困惑。

說不定，飾莉比自己想像的還要窮困。

那麼，也能理解她為何對薄荷與由美子那麼生氣了……

是不是應該把能推薦的餐廳都告訴她，請她吃點更貴的東西呢……

芽玖瑠不由得思考了起來，此時飾莉恢復了原來的態度。

「哎呀，肚子真的吃得好飽呢～」

像這樣，露出了放鬆的笑容。

之後兩人有一句沒一句地聊著，這時飾莉低頭將視線往上，窺視芽玖瑠。

「那個～柚日咲小姐。我可以抱怨一下嗎？」

「只有今天喔。」

飾莉笑著說：「只有今天嗎～？」

但是，柔和的笑容化為淺淺的微笑，她緩緩瞇起眼睛。

「我果然還是沒辦法接受呢～」

「妳是指歌種當隊長嗎？」

「不是啦～啊不對，或許是吧。我之所以無法接受，是因為小夜澄現在依然很正常地在當聲優吧。」

她啜飲了一口茶水，然後說出了有點危險的話題。

飾莉用悠哉的語調繼續淡淡地說：

「夕暮小姐也是，小薄荷也是。看到她們繼續當聲優，我就『唔～嗯？』，感到很難以釋懷。」

「為什麼？」

「這點柚日咲小姐應該很清楚吧～？」

她臉上掛著喜悅的笑容，與話題的內容很不相稱。

芽玖瑠刻意不回答她，於是飾莉面帶笑容繼續說道：

「那三個人失敗過。小薄荷只是因為沒辦法繼續當童星才來聲優業界，而那兩個人犯了什麼錯就不用說了吧。就是陪睡嫌疑的那件事。」

芽玖瑠有猜到是這麼回事。

本以為她只是鬧情緒在抱怨，但飾莉似乎也有自己的想法。

她望著茶杯，同時低聲說道：

「先不論想當聲優的人，光是隸屬於事務所的聲優就有多少人啊？為了成為聲優，明明都已經從離譜的倍率中勝出了，接下來竟然還必須去搶少少的椅子。後面都大排長龍了呢。根本沒有空間讓失敗過的人回來啊。這裡已經滿了！我很想這樣告訴她們呢～」

飾莉用手比了個小小的叉。

就像她所說的，椅子的數量真的很少。

儘管作品數量比以前多，但聲優數量現在增長得更是龐大。

再加上許多工作都會交給有實際成績與知名度的聲優。

立志當聲優的人與聲優的人數多到異常，相較之下機會卻是壓倒性地少。

這個狀況一直被視為問題。

所以，初出茅廬的新人飾莉或許是覺得反感，認為「不，應該讓給我吧」。

「…………」

飾莉在責難曾失敗過的那三個人。

對於芽玖瑠，她什麼也沒說。

但是，飾莉要是知道了真正的芽玖瑠，看她的眼神肯定會改變。

要是看到無法在試鏡中發揮實力，在椅子周圍裹足不前的芽玖瑠，飾莉會用什麼眼神看待她呢？

比起自己通過試鏡，看到別人因此而活躍更會由衷感到高興。

她肯定會輕蔑這樣的芽玖瑠，不會像這樣跟來吃飯。

好痛。

在對她大言不慚說教之前，是不是應該有別的事情要做呢？

正當芽玖瑠承受著胸口的這種疼痛時，飾莉的雙眸窺向了她。

芽玖瑠以為自己的想法被她識破，但似乎並非如此。

飾莉莞爾一笑，繼續說道：

「我聽說了哦。柚日咲小姐也很受不了那兩個人。妳對小夜澄和夕暮小姐似乎很嚴厲呢。」

「……妳是從誰那聽說的？」

「從事務所的前輩那裡～在那次陪睡嫌疑的事件中，她們犯了錯，背叛了粉絲，做了不應該做的事情。所以妳討厭她們。」

芽玖瑠在腦中思考傳言的出處。

不過，她立刻放棄了。儘管她沒有胡亂張揚，但與由美子她們接觸時也沒有特別注意。

想必是有人聽到了，而那個人就這樣說溜嘴傳了出去吧。

而且，這是毋庸置疑的事實。

柚日咲芽玖瑠沒有原諒歌種夜澄和夕暮夕陽。

現在也依然如此。

說不定飾莉就是對這點產生了共鳴，才會對芽玖瑠有好感。

然而，有件事情得先強調。

「首先，我給妳一個忠告。別相信來路不明的傳言。因為基本上都是假的。」

「我知道啦。所以我現在才會直接問啊。那是真的對吧？」

飾莉歪了歪頭，瞇起眼睛。

芽玖瑠猶豫要不要老實回答，飾莉就像唱歌那般繼續說道：

「我也覺得很莫名其妙哦。畢竟她們犯了錯，還能被原諒就很奇怪。現在不就是這種時代嗎？柚日咲小姐不這麼認為嗎？妳是這麼認為的對吧？所以妳才討厭小夜澄她們。就像我一樣。柚日咲小姐和我一樣對吧？」

沒錯。

只要這樣說，這個話題就到此結束。飾莉會接受。或許這樣就好了。

不應該多嘴。

……明明是這樣想的。

但是，芽玖瑠怎麼樣都無法忍耐。

「……御花。我接下來說的話，絕對不要告訴任何人。」

芽玖瑠如此起了個頭後，飾莉的笑意更深了。

飾莉或許以為芽玖瑠會照自己所期望的那樣破口大罵。

然而，芽玖瑠將目光落在了桌上，就好像在逃離她的眼神。

「不管是歌種還是夕暮，我都決定不原諒她們。我其實一開始真的是無法原諒。正因為這樣，我才會特地當面告訴她們。」

當時的憤怒，無論是作為柚日咲芽玖瑠，還是作為藤井杏奈，都是貨真價實的。

作為前輩，她忍不住想提出忠告；作為粉絲，則是為此哀嘆。

即使到了現在，她依然能斷言她們的失敗與選擇是錯誤的。

但是，她們自己做出了了斷。

粉絲見證了那一刻。

關於這件事——應該已經沒人還有權利說三道四。

「但是，她們付出了代價。理解了錯誤，道了歉，失去了粉絲，即使如此還是決定從頭來過。罪已經贖完了。可以再抱怨那件事的，只有從以前就是粉絲的人。這不足以構成妳朝她們扔石頭的理由。」

她看著飾莉的眼睛，坦率地說出內心的想法。

飾莉頓時大大睜著雙眼，內心的動搖導致瞳眸晃盪。

她稍稍前傾，用很快的語速開始說：

「請、請等一下。那麼、那麼……柚日咲小姐不也是一樣的嗎？柚日咲小姐也不應該繼續抱怨啊。但是，柚日咲小姐沒有原諒她們吧？妳剛才說還在生氣……」

「是啊。我沒有原諒她們。但事到如今，只要歌種她們說『妳要為這種事惦記多久啊』，那這個話題就結束了……但她們是不會說的吧。」

她們如果認為「罪已經贖完了」，事情或許就不一樣了。

但是，兩個人決定把這件事放在心上。

所以，芽玖瑠也只是同樣拿在手裡而已。

飾莉就像是在表示莫名其妙那樣，搖了搖頭。

「妳在說什麼啊……？」

「我對那兩個人只是在表面上沒有原諒、正在生氣而已。並不是認真對她們發脾氣。」

「什麼啦……為什麼要這樣……？」

飾莉臉上的困惑神色變得更加明顯。

也許這還是第一次看到她的表情有這麼多的變化。

芽玖瑠再次叮囑她「絕對不要說出去」，然後繼續說道：

「雖然我覺得歌種和夕暮都不會再犯同樣的錯誤……但那兩個人老是顧前不顧後。尤其是歌種，她的視野會變得狹窄，這點實在讓人很擔心——說不定，在不得不做出選擇的時候，她可能會因此犯下大錯，或是做出會越線的事情。但是，如果旁邊有人喋喋不休地一直舊事重提，或許她就會踩煞車。」

芽玖瑠並非不信賴那兩個人。

可是，也同樣地對她們感到不安。

說不定她們會為了別人而把一切都化為烏有。

芽玖瑠希望她們再也不要那樣。

希望她們能懸崖勒馬。希望她們去找出其他選擇。

希望她們不要把自我犧牲當成最好的選擇。

芽玖瑠抱著這樣的願望，所以才總是做一個討厭的前輩，不斷抱怨她們。

但到頭來，飾莉似乎還是無法理解她的想法。

飾莉望向這邊的眼神，彷彿在看著奇怪的東西。

「柚日咲小姐，妳為什麼要因為這種事情去當個討人厭的角色……？明明沒有任何好處啊……？明明也不知道會不會發生那種事啊……？」

「或許吧。」

「那為什麼……？」

「不正因為我是前輩嗎？就跟請妳吃飯一樣。就跟在配音現場訓斥後輩一樣。就跟指出工作態度的不對一樣。前輩做這些事情沒有好處，還可能會遭到嫌棄，但前輩本來就是這樣的吧。」

她的意思是，被後輩討厭也是前輩的職責。

芽玖瑠說了非常像樣的話，但她其實在撒謊。

說穿了，還是因為那兩個人實在是太可愛了。

這種想法不是來自藤井杏奈，而是來自柚日咲芽玖瑠。

所以才想為她們做點什麼，就只是這樣。

飾莉似乎稍微釋懷了一些，但臉上還是很不情願的樣子。

儘管原本沒這個打算，芽玖瑠還是讓話題回到了小隊上面。

「我想歌種其實也不想對御花說那些話。她也在主動承擔討人厭的角色。可是，要是沒人去做就站不住腳吧。妳討厭歌種是妳的自由，但應該也可以稍微妥協一下吧。」

飾莉突然像是感覺很沒意思。

「結果還是在說教啊～……」她噘起了嘴。

不過，她之後又望向了空盤子。

嘆了口氣後，她緩緩擠出一句話：「算了，畢竟還讓柚日咲小姐破費了……」

芽玖瑠沒想太多就說出了可能有點多餘的一句話。

「而且，御花。雖然妳一直碎碎唸，但其實沒辦法討厭歌種吧。」

「啥、啥！」

瞬間，飾莉發出高八度的聲音。

她的臉頓時漲紅，身子往前傾。

「請、請不要說這種奇怪的話。誰會喜歡那種人啊！」

「我可沒說喜歡喔。怎麼？妳已經到那個地步了？」

「我、我才沒有～這是一時口誤～」

飾莉就好像要咬上來那樣，露出牙齒。

芽玖瑠像是要敷衍她那般，移開視線繼續說道：

「有句話說，很難討厭對自己有好感的人。歌種大概就是那種人吧……算了，我就在旁邊看著妳拚命去討厭她的模樣吧。」

說不定這是一種自嘲。

從前的自己就是那樣，但如今已經完全沒那個意思了。

為了掩飾害羞，芽玖瑠說出了像是在捉弄人的話。

飾莉聞言，臉變得更紅了，然後狠狠瞪向芽玖瑠。嘴唇在微微抽動，彷彿覺得很肉麻那樣。

芽玖瑠在這個時候，和飾莉好好聊過了。

她沒打算為此自滿，但也認為應該多少有些效果。

飾莉的態度不再像以前那樣露骨。

某種程度上，事情開始走上軌道。

發揮最大作用的是，是由美子把大家找去祭典辦了場聯誼。

在那裡，所有成員都知曉了雙葉薄荷內心的煩惱。

飾莉曾說「小薄荷只是因為沒辦法繼續當童星才來聲優業界」。薄荷把內心的想法全盤托出，這件事對飾莉應該有相當大的意義。

後來氣氛也不差，飾莉也開始對其他成員敞開心扉。

但是，這時薄荷的身體出了狀況。

高層要她暫時別來上課。

飾莉一定已經開始覺得薄荷可愛了，應該已經對她感生了感情。

『我是在責備小夜澄啊。』

正因為如此，她嚴厲地指責了沒發現薄荷身體不適的由美子。

剛才，薄荷被帶去了醫院。

在那之後發生了這場騷動。

在氣氛極為冰冷的課程室裡，芽玖瑠正在猶豫。

因為飾莉丟下愣在一旁的由美子，跑出了房間。

「…………」

要是丟下由美子會很令人擔心，但也不能放著飾莉不管。

「這邊由我來處理。」

芽玖瑠決定待會兒再回來，總之先追上飾莉。

飾莉大步走在無人的走廊。

「御花！」

就算朝著她的背影搭話，但她依然沒有停下。

芽玖瑠忍住想咂舌的衝動，抓住了飾莉的手臂。

力氣比想像中還強，差點被甩開。

「御花。」

芽玖瑠再次呼喚名字之後，飾莉回過頭。

她的眼眶泛著淚水，狠狠瞪向芽玖瑠。

或許是察覺到芽玖瑠不會讓步，她朝這邊說出帶刺的話。

「柚日咲小姐，我有說錯什麼嗎？所以妳才追過來的嗎？妳也要對我說教？」

「冷靜一點。就算妳大發雷霆，事情也不會有什麼改變吧。」

芽玖瑠說完這句話，飾莉的手終於放鬆下來。

飾莉抿緊嘴唇，顯得很不甘心。

芽玖瑠像是勸戒小孩子那般，繼續說道：

「對歌種發洩也是一樣。沒有意義。如果妳為小薄荷著想，應該還有其他事情可以做吧。」

飾莉的眼神在游移。

但是，她隨即緊緊閉上雙眼，像是呻吟般開口說道：

「……可是，我……還是覺得她錯了。就像柚日咲小姐說的那樣，她不考慮後果，視野狹窄，看著就教人擔心。所以才犯下了這樣的錯誤。這都是因為她執著在夕暮夕陽身上。我實在沒辦法接受。」

「這……」

芽玖瑠才剛準備開口，又閉上了。

自己能開導飾莉。有說服的材料。或許可以讓她接受。

不過，那並不是自己該做的事情。

這個問題應該要由隊長歌種夜澄自己找到答案，告訴飾莉，藉由這種方式解決。

畢竟，姑且不說下一場演唱會，九月的演唱會也會分組。

更何況她本來就背負著亂來的要求，要與櫻並木乙女率領的「貫索四」對抗。

現在幫她，反而是多管閒事。

「……那孩子會好好領導大家的。這次確實惹出了麻煩，但並不是致命傷。是有辦法克服的。隊長會帶來這個問題的答案。妳要做的就是等著她。明白嗎？」

飾莉目不轉睛地盯著芽玖瑠。

她好像還想說什麼，但似乎打算收起怒氣。

深呼吸之後，她用緩慢的語氣組織話語。

「既然柚日咲小姐都這麼說了，是可以啦～到時發生什麼事我可不管喔～我覺得還是趕快放棄對將來更有幫助呢～」

雖然她嘴上講得很不服氣，但似乎不打算繼續讓事態變得更複雜。

飾莉就這樣走向更衣室。

芽玖瑠很想再請她吃頓飯讓她冷靜一下，但也不能光顧著飾莉。

芽玖瑠轉過身子，回到了課程室。

「受不了……這些小鬼真是會給人找麻煩……」

雖說她年紀比較大，但沒想到會這麼棘手。芽玖瑠不禁望向天花板。

儘管很想喊一聲好麻煩就撒手不管，但不能那樣做。

由美子的心靈其實也沒那麼強大。

所以必須協助她……芽玖瑠這樣心想，打開了門。接著她看到眼前的景象，心頓時揪成一團。

由美子把背靠牆，抱著雙腿坐在地上。

她似乎直到剛才都低著頭，但一發現芽玖瑠回來的同時便將頭抬起。

她的臉上明顯有哭過的痕跡。

表情十分失落。

啊，得說點什麼……這種時候，首先，唔哇啊啊啊啊啊啊啊啊啊啊啊啊啊啊沮喪的夜夜好可愛——————！

啊！不行！不要露出那種表情……！別用淚眼汪汪的眼神看著我！這樣子不行啦！會害我湧起滿滿的保護欲的……！不對，這是母性……？很揪心的那種！……緊緊地……好想抱緊處理……喜歡……

不對不對，現在的氣氛不適合做那種事吧。

現在的氣氛超級嚴肅。不是心跳加速的時候了。控制一點。

「歌種。」

芽玖瑠總算平復心情，以正常的語氣搭話。

哎呀，在這種狀況下，面對淚眼婆娑的夜夜，真虧自己還能冷靜下來呢。如果時空背景不同，可是會全場起立鼓掌呢。幹得漂亮。努力了努力了。

「小玖瑠……」

啊——————！不行——————！

不要帶著哭腔叫別人的名字！笨蛋！要瘋了，我要瘋了！現在保護欲和母性迅速膨脹，變得很不得了了啊！噯——妳也太罪惡了吧？這孩子怎麼回事？是天使啊！

心情七上八下地起伏，但她還是勉強忍住了。

要是她知道有人對她沮喪的樣子感到興奮，就算是由美子也肯定會傻眼吧。

芽玖瑠調整好呼吸，告訴由美子不用擔心飾莉。

也聊表心意地鼓勵了她。

做到這個份上，她也準備要離開了。

她判斷不該繼續說下去──嗯，這是表面上的藉口。

因為繼續跟失落的夜夜在一起，自己感覺會克制不住。

於是芽玖瑠關上門，用雙手捂著臉。

「啊啊真是的……這樣不好……不好啊──……」

看到後輩失落竟然會心跳加速，這前輩也太過分了吧。

後來，由美子確實地把答案帶回來了。

在去校外教學回來之後，由美子在課程上將自己的心情直截了當地告訴了組員。

飾莉與薄荷都坦率地接受了這個答案。

「奎宿九」跌倒了好幾次，差點分崩離析，但現在芽玖瑠覺得大家終於團結起來了。

之後的練習十分和平。

飾莉也增加了自主練習的量，薄荷在不勉強自己的情況下努力練習。

由美子本身似乎也因為這件事發生了變化。

比方說，在某一天的課程中。

才剛開始休息，她就說出了這樣的話：

「啊，對了。小飾莉，今天要來我家吃飯嗎？」

「啥？為什麼？」

聽到這過於唐突的提議，飾莉甚至忘記了戴上面具，露出了狐疑的表情。

由美子順勢繼續說道：

「不是啦，妳之前不是說生活很拮据嗎？我就在想妳是不是沒吃什麼像樣的東西。畢竟小飾莉看起來不像是會自己做飯。」

「真失禮耶……不過我確實不會做。所以妳才要請我吃飯～？」

「就是這樣。今晚我家長不在。如果有想吃的東西，我可以做給妳吃。」

「……………………」

芽玖瑠在有些距離的地方望著這一幕。

這女孩拉近距離的方法依然是如此不可思議。

一般人會請把自己罵得狗血淋頭的人到家裡嗎？

而且還要親手做飯招待對方。

飾莉好像也在那件事之後變得比較會說出真心話了。

所以，芽玖瑠本以為她會說「我怎麼可能去嘛～」拒絕邀請……

「……我要去～」

她面有難色地同意了邀請。

那不是在顧慮由美子，單純是被家庭料理吸引過去了吧。

我懂。我也想吃夜夜親手做的料理。

不對，果然還是不行吧。感覺會卡在胸口，吞不進去。

「喂——！小薄荷！好好休息！去喝水！」

兩人聊著聊著，由美子突然大喊。

有個人聽到後抖了一下，頓時停下了動作，是在用手機確認舞蹈動作的薄荷。

從剛才開始，確實就看得到她在視野一隅不斷動著腳。

薄荷噘著嘴，不快地把頭轉向一旁。

「只是稍微看一下而已嘛……是說，我很討厭那種說法。請不要把我當小孩。」

「不想被當成小孩子的話，就別做出會被責備的行動。下次再不聽話，我就讓妳回去喔。」

由美子像個媽媽一樣手扠著腰生氣。

薄荷雖然還在嘟囔著抱怨個不停，但還是老實聽話了。

她用水壺大口喝水。

由美子回過頭，這次是向飾莉露出親切的笑容。

「小飾莉，和我一起亂來吧——反正今天要一起回去，就練個徹底吧。」

「怎麼啦，小夜澄？這麼斯巴達啊～意思是我就可以亂來？」

「小飾莉的自我管理做得很好吧～如果要增加練習的量，我們也會幫忙的～況且……」

該說她得到了厚臉皮這個技能嗎？

不對，她的話應該算是回想起來吧。

或許是因為不熟悉隊長這樣的立場，加上每個人都很難搞，感覺由美子之前都沒有發揮出她的特質。

現在的她掌控著全場，之前那種生硬的感覺彷彿消失得無影無蹤。

「啊，對了。芽……柚日咲小姐——我有點事情要商量。」

她現在還會厚著臉皮地找芽玖瑠商量。

芽玖瑠反射性地回說「為什麼找我？」，由美子聽到後聳了聳肩。

「我可是隊長喔，柚日咲小姐無權拒絕～這件事關係到演唱會，快點來幫忙吧。」

……既然她是作為隊長行動，芽玖瑠也無法拒絕。

當芽玖瑠嘆了口氣後，飾莉像是挖苦般說道：

「妳不惜做到這一步也想贏過夕暮小姐嗎～？就這麼不服輸？」

「我確實想贏過那傢伙，但這跟提升水準是兩碼子事～」

兩人在互相鬥嘴。

之前那種十分緊張，稍微碰一下就會受傷的氣氛已不復存在。

歌種夜澄應該已經成為了出色的隊長吧。

「？怎麼了，小玖瑠？」

「沒什麼。」

不過自己肯定不會把這句話告訴她。

由於接下來還有工作，芽玖瑠先一步結束了練習。

換好衣服後，她在走廊上移動，此時後面有人喊了聲「小玖瑠——」向她搭話。

是由美子穿著課程用衣跑過來。

芽玖瑠感到疑惑，心想「又有什麼麻煩事嗎？」，此時由美子環顧了一下四周，然後把臉湊了過來。好近。這什麼突然的粉絲服務？請對自己美麗的外表有所自覺。這樣會讓人喜歡上的吧。已經喜歡上了。

「怎麼了？」

「這個。拿回去吧。要對另外兩人保密喔。」

由美子將食指貼在嘴上，遞出一個小型的保冷袋。

這是什麼？

見芽玖瑠以眼神向自己提問，由美子露出了調皮的笑容。

「我做了牛奶寒天凍，分妳吃。小玖瑠，妳很努力在演唱會之前減肥吧？我也在減肥呢～可是減肥不是會很想吃甜食嗎？這就是為了這個時候而珍藏的壓箱寶。雖然卡路里比較低，但是很好吃喔。」

由美子硬是把保冷袋塞到芽玖瑠手上，然後嘆了口氣。

「小薄荷她啊，知道我正在減肥，所以只要我稍微打算吃點甜食，她就會瘋狂地警告我。小飾莉也覺得這樣很好玩就模仿她呢。明明努力過頭只會喘不過氣的說。對吧？」

儘管她說得好像很傷腦筋，但聲色似乎很愉快。

由美子指著保冷袋，轉過身去。

「我們一起努力減肥吧。不是自己一個人的話就比較安心呢。再見嘍～」

她沒等芽玖瑠回覆，就小跑步回到了課程室。

在一片柔和的氣氛中，芽玖瑠被獨自留在原地。

她無視從內心湧起的這股暖意，強行嘆了口氣。

「自己的推竟然是仰慕自己的後輩……這是什麼妄想啊……」

由美子強行塞給自己的不只是牛奶寒天凍，還有這種猶如作夢般的情境。

芽玖瑠無法忍耐，緊緊抱住了保冷袋。

果然是天使。珍惜點吃吧……還有，要拍好多照片……

幸好有當聲優……

即使她明白不能期盼這種狀況，但還是忍不住品味著幸福的滋味。

然而——

不論芽玖瑠如何在妄想般的世界裡作夢。

現實已經把手搭在了芽玖瑠的肩上。

某天，成瀨要她來事務所一趟。

又要被警告了嗎？

芽玖瑠像這樣做好了心理準備，但並非如此，成賴似乎只是想說工作的事情。

兩人進入藍王冠的會議室後，芽玖瑠接過資料與劇本。

她仔細地聆聽成瀨說明下次要參加的試鏡。

成瀨還是一如往常，找出適合芽玖瑠的工作，為了讓她通過試鏡而給出正確的建議。

這次她也花時間鉅細靡遺地說明了一番。

然後，成瀨唐突地提及那件事。

難受的事情，總是來得十分突然。

就在工作的事情基本上都講完，芽玖瑠想說差不多要準備散會的時候。

成瀨忽然這樣說道：

「還有，柚日咲小姐。很遺憾，『十偶廣播』要在下一次改編期結束。」

「咦……」

事出突然，芽玖瑠沒能做出回應。

「十偶廣播」是在芽玖瑠演出的動畫「十人偶像」播放的同時開始的廣播節目。

「十人偶像」儘管並非「皇冠☆之星」那麼大的企畫，但類別一樣是偶像劇。

動畫播放後，也舉辦了演唱會，芽玖瑠飾演了主要角色。

可說這是柚日咲芽玖瑠為數不多的代表作。

當時全是新人聲優，起初連廣播也主持得亂七八糟，但最後應該培育成了有趣的節目。

ＭＣ（司儀）雖然固定是芽玖瑠，但每次主持人都會更換，芽玖瑠認為是個不會讓人厭倦，具有變化的節目。

如今卻要結束了。

但是，成瀨沒有哀嘆節目的結束，反而稱讚芽玖瑠能堅持到現在。

「真的很厲害。這種形式的廣播一般會在動畫播放結束的同時結束。十偶雖然後來也多少在運作，但沒什麼大動作。在這種狀況下還持續了２００回以上。這都要歸功於柚日咲小姐的實力喔。」

成瀨柔和的笑容，顯露出「辛苦了」這種慰勞的神色。

……如成瀨所說的，這部作品運作的時間頂多也就兩年。

不過就是在動畫結束後辦了點活動或演唱會而已。

如今，廣播與廣播節目的活動就是唯一進行的內容了。

它完全可以說是過去的作品，也有很多人驚訝地說「那個廣播節目還在？」。

算是堅持很久的。已經夠長壽了。

結束才自然。現在的狀況反而很奇怪。

然而，無論她如何說服自己，肚子裡的黑暗依然不斷擴散。

或許是看出芽玖瑠很沮喪，成瀨頓時慌了。

「打、打擊那麼大嗎……？雖然這麼說不太好，但這是很久以前就結束的作品喔？妳甚至可以因為堅持到現在而引以為傲……而且『芽轉』和『我同』都很順利，就算這個節目結束，柚日咲小姐也不需要擔心喔……？」

成瀨驚慌失措，毫無意義地擺動著雙手。

那副模樣很可愛，但芽玖瑠的心情沒有緩和。

不是這樣。不是這樣的。

其實很希望那個節目繼續下去。

芽玖瑠沒有打算說明內心的想法，成瀨也沒有其他要說的事情，於是芽玖瑠離開了事務所。

「我知道……算是堅持很久的了……」

她無精打采地踏上歸途，如此自言自語。

堅持很久了。努力過了。這很厲害。大可抬頭挺胸。一般來說早就結束了。

她對這種事心知肚明。

但是，「十偶廣播」依然存續的事實，是芽玖瑠的心靈支柱。

說不定，比通過試鏡還要更讓她開心。

要問為什麼，因為「那是能讓大家幸福的節目」。

那原本應該是芽玖瑠的理想。

她回到公寓後，沒有回自己的房間，而是去了花火的房間。

她按下門鈴，不久花火一臉驚訝地出來迎接她。

「總之，進來吧。」

花火或許是透過表情明白芽玖瑠發生了什麼狀況，什麼也沒說就讓她進門。

芽玖瑠坐在自己用的靠墊上之後，花火幫她泡了溫熱的茶。

正當芽玖瑠喝著茶時，花火觀察著她的臉。

「所以，怎麼了？」

「說是『十偶廣播』要結束了。」

芽玖瑠只說了重點，花火聽到後微微睜大了眼睛。

她一臉為難地搔了搔頭，然後緩緩說道：

「應該也算撐了很久的吧。」

她與成瀨的感想相同。

就算問其他聲優或是經紀人，不管是誰都肯定會這樣回答。

芽玖瑠也明白這一點。

她在成瀨面前忍不住表現出了驚訝與失落，但她不會對其他人展露這種心情。

不過，她只對花火說出了真心話。

「但是，我很想繼續主持的……好想繼續下去啊……明明我都為此努力了……」

這是毫無虛假的真心話。不管別人怎麼說，她都想繼續下去。希望節目能留下來。

這是因為「十人偶像」對自己來說是重要的作品。

然而，更重要的原因是——

「……也是為了其他聲優？」

聽到花火這麼說，芽玖瑠頓時心頭一驚。

能說出這個答案的，也只有夜祭花火。

只有花火能代替芽玖瑠說出她的心情，說出這種可能會被人認為傲慢的想法。

花火將視線從芽玖瑠身上移開，淡淡地繼續說道：

「十偶與皇冠一樣，選的都是新人聲優。芽玖瑠現在也依然存活在這個業界。但其他人呢，講這種話是不太好聽，但很難說她們還有接到工作。應該也有人手上的工作只剩下『十偶廣播』了吧。正因為這樣，芽玖瑠妳才想依靠這個節目吧？」

花火將芽玖瑠的想法說出口。

就像是在藉此把現實擺到芽玖瑠面前。

也許這是理所當然的。

芽玖瑠的現狀，對她來說也並不是可以由衷接受的。

「只要那個廣播還在，妳就能和她們一起工作，能繼續待在同一個業界。讓大家都能獲得幸福。那就是芽玖瑠的願望吧。『讓聲優發揮長才的聲優』。芽玖瑠的理想。」

沒錯。芽玖瑠就是為了這種傲慢的願望，才會拚命讓節目更加熱烈。

與其大家為了那屈指可數的椅子搶破頭。

不如大家友好地坐在一起，這樣肯定更幸福。

自己根本不想與喜歡的聲優們競爭。

想純粹為她們的活躍感到高興。

無論守住的椅子變得多麼渺小也是如此。

但是，她想為自己辯解。

「我……其實一開始也沒這個打算的……單純是想做一個有趣的廣播，傳達其他聲優的

優點而已……因為、因為，大家都是好人，都是很好的聲優……我想告訴其他人這點……」

這份心意如今依然沒有改變。

想告訴大眾其他聲優的優點。

想活用自己的話術。

想變成那樣的聲優。就像大野從前幫助自己發揮那樣。

她只是以此為目標，一直在努力而已。

「我知道。只是結果變成這樣而已。我不認為芽玖瑠一開始就是這麼想的。」

花火抱住芽玖瑠，輕輕拍了拍她的背。

芽玖瑠只是不顧一切地追逐自己的理想。

自從在網路節目第一次見到大野，後來衝進花火的房間之後，就一直都是如此。

為了實現理想，一直在向前奔跑。

但是，那個世界產生了裂痕。

長久以來視而不見的裂痕變得愈來愈大。

就好像要證明這個事實一樣，花火讓身體離開芽玖瑠。

接著她把手放在芽玖瑠的肩上，像是要確認芽玖瑠的想法般說道：

「那個，芽玖瑠。我希望妳至少要明白這件事。」

花火雖然覺得她不想聽，但還是繼續說下去。

「我覺得芽玖瑠在廣播中找到了活路，工作得很出色。妳在努力。可是啊，不管我們怎麼努力，就算可以變成『也能當主持人的聲優』，也無法變成『也能當聲優的主持人』啊。」

這是無法避開的結論。

不管再怎麼會聊天，不管變得再怎麼會控場，只要沒有這個根基就無法成立。

她們是聲優，所以才站得住腳。

因此，眼見芽玖瑠不去正視其根基，花火就忍不住想告訴她這點。

「我們的年紀會增長。遲早會不再年輕。我長年來和妳一起做廣播明白了這點，到時候我想真的很難只靠廣播吃飯。」

無法否定。

假如自己不需要年輕與外貌，甚至不需要聲優的力量，擁有只靠聊天力就能吃飯的實力，花火就不會這樣說。

到頭來——

無論怎麼努力，柚日咲芽玖瑠都沒有那麼強大的力量。

所以，花火要否定芽玖瑠的現狀。

「妳再不下定決心是不行的。妳必須踢開其他人，爭取為數不多的椅子，拚死地奮鬥。這裡就只有那樣的人啊。一而再再而三地拚命爭搶，結果還是不行。這個業界就是這樣吧。

再這樣下去的話——」

花火吐出一口氣，正面看向芽玖瑠這邊。

「連芽玖瑠也會消失的。」

花火的說法絕非誇大其詞。

腦海裡浮現出各種聲優。

歌種夜澄也好，夕暮夕陽也罷，就連櫻並木乙女也是。她們都為了前進而拚命掙扎。

明明這個業界就是這樣。如果不像她們那樣竭盡全力，就無法存活下來。

「即使這樣，妳還希望其他人拿走角色嗎？」

芽玖瑠抱著這種半吊子的想法。

這就是她無法在試鏡中發揮實力的理由。

她沒辦法說出自己比其他人還適合這個角色。

缺乏渴求精神，無法去爭搶角色。

意志薄弱，面對尊敬的聲優及憧憬的聲優，根本不打算戰鬥。

因為，比起自己配音，絕對是其他人配音更好。

就因為作為藤井杏奈的自己在礙事——

「啊啊——」

身體頓時虛脫。

為什麼、為什麼會這樣？

居然直到剛才都沒有察覺這麼簡單的事情。

都怪自己在面對現實之前，都始終視而不見。

一切的一切，都歸咎在這一點。

累積了那麼多很像一回事的藉口，結果原因還是來自僅僅一件，無可救藥的事實。

到頭來，柚日咲芽玖瑠這個人——

「我、從當時、就一直一直……只是個憧憬聲優的……普通的女孩——」

她的職業意識有著決定性的不足。

她一直覺得，自己有區分出作為粉絲的自己與作為聲優的自己。

然而，這顯然是個誤會。

自己依然和當時一模一樣，是個容易得意忘形的女孩。

「最小看職業聲優的，就是我啊。柚日咲芽玖瑠——」

自嘲隨著淚水一起滑落。

高高在上地對後輩講著大道理，自己卻是這副德性。

她們在前進，不管是花火還是乙女，甚至連離開這個業界的秋空紅葉也是。

明明她們都下定決心，推進著各自的道路，不斷地前行。

卻只有芽玖瑠留在原地看著她們的背影。

芽玖瑠無法全力挑戰試鏡，她逃跑了，選擇仰賴其他路線。

她偷換思考，打算之後再下結論，只顧著逃跑。

從廣播找到活路是沒問題。將話術作為武器而鍛鍊也沒問題。

但是，這些全都無法成為「可以逃離試鏡的理由」。

眼見芽玖瑠茫然若失，花火再次抱緊了她。

「噯，杏奈。我呢，喜歡現在的生活。我想一直和杏奈在一起。但是，再這樣下去我們就沒辦法在一起了。必須改變才行啊。否則，就會是其他東西改變了──」

唯獨花火的聲音在遠處迴響著。

「大家，皇冠好。我是這次擔任主持人，飾演小鳥遊春日的柚日咲芽玖瑠～」

「大家，皇冠好！我是同樣擔任這次主持人的，飾演北國雪音的夜祭花火～」

「本節目是為了給各位帶來各種關於『皇冠☆之星』的資訊而開始播放的！」

「好的──所以呢，這次是由我們兩個人來主持──鼓掌！」

「不過我們原本就是在主持廣播的搭檔，可能有些人會覺得聽起來很熟悉。」

「是呀。其實我也想聊一下這件事，不過呢！今天有很多關於演唱會感想的來信。要來唸這些呢～」

「啊──是前幾天結束的『奎宿九』VS『河鼓二』呢。」

「沒錯沒錯。我想唸一堆那些來信，同時讓我們也一起回顧一下。」

「哎呀，該怎麼說，就是那個。下一場演唱會的課程已經開始了。所以上次演唱會已經快從記憶裡忘光了說。」

「老實說完全不記得了。」

「我記得小夜澄從開幕就在哭了。」

「哇哈哈。是哭了呢。真可愛啊～」

「還有，小乙女驚喜登場的時候氣氛是最熱烈的。」

「哎呀那個真的很誇張耶。為什麼是那個時候最熱烈啊？我們努力了那麼久，結果風頭全被她給搶了。」

「妳們體諒一下別人啦，不管是觀眾還是小乙女。」

「是啊——小乙女妳把氣氛炒得太熱烈嘍～要唸感想來信其實讓我有點抖。我很懷疑大家會不會不記得我們了。」

「大家都有好好記住吧。」

「應該說只有我們不記得啦。」

「我們也一邊回憶一邊唸來信吧。啊——我也想聊一聊關於課程的話題呢。畢竟這次我和花火在同一個組合。」

「小乙女也在呢。確實啊——上課的時候小乙女和小結衣很有趣呢。我也想講一下這個呢。真糟糕，時間夠嗎？」

「是不是乾脆就別唸來信了？」

「也是。我們來聊聊未來吧！」

to be continued……

『不不不，現在不去怎麼行啊。芽玖瑠，妳明明那麼期待的。要是不去妳會後悔一輩子的。不，我是明白啦。反正妳就當作散心，就去吧。這種事情很重要的吧。好了，這件事就這樣了！現在就全都忘記吧！忘掉然後去好好享受！……不是，說真的，芽玖瑠不去的話反而是我會失落喔。』

被花火狠狠推了一把，芽玖瑠總算是接受了這個提議。

她回說「明白了，我會忘掉，會跟平常一樣」。

然後，那一天。

芽玖瑠去了大阪。

「小櫻————！最喜歡妳了————！」

對著在遠處揮手的櫻並木乙女，芽玖瑠聲嘶力竭地咆哮出自己的心意。

乙女身穿可愛的禮裙，站在豪華的舞臺上露出微笑。

她唱完的瞬間，周圍的觀眾都像芽玖瑠一樣揮灑滿溢的熱情。

這裡是大阪的演唱會會場。

芽玖瑠和周圍的人擠在超級廣闊的觀眾席。

由於觀眾各自揮舞著螢光棒，整個會場都籠罩在光芒之中。

不計其數的螢光棒同時搖擺，儼然是副夢幻的景象。

乙女以充滿愛憐的表情看著眼前的光景，同時將麥克風湊到嘴邊。

『好寂寞喔，全國巡迴演唱會在大阪這裡就是最後一天了！告別的時候終於還是要到來了。』

「不要──────！」

芽玖瑠大吼，周遭的人也同樣發出了「咦──！」或是「好寂寞──！」之類的聲音。

『我也不想──！』

乙女也全力吶喊。然後，她露出了害羞的笑容。

看到那一幕，芽玖瑠不知為何淚水突然奪眶而出。

由於戴著眼鏡，淚水很難擦掉，但這樣下去口罩會把眼淚吸進去。

不想讓口罩變得濕答答的。

芽玖瑠摘下眼鏡，用力擦了擦淚水。

她不僅戴著帽子，也有戴口罩。服裝是在商品販售攤位買的演唱會T恤，不過應該不會被人發現自己是柚日咲芽玖瑠。畢竟她也沒有坐在相關人士的位子。

她重新戴好眼鏡，把視線再次回到舞臺。

乙女調整急促的呼吸，雙手捧著麥克風。

『那麼，請大家聽最後一首曲子──『致你』……』

這個瞬間，芽玖瑠全身起了雞皮疙瘩。

巨大的歡呼聲以排山倒海之勢擴散，彷彿整個會場都為之撼動。

還以為地震了。

但是，在前奏響起的同時，瞬間倒抽了一口氣。

芽玖瑠的淚珠撲簌簌地落下，同時聽著乙女的歌聲。

明明之後還有安可，她卻忘記擦掉淚水，不斷揮舞著螢光棒。

「哎呀，太棒了……」

「能買到票真是太好了……太讚了……」

「實在太棒了……」

「太棒了啊……」

人們的詞彙量變成小學生水準，芽玖瑠一邊聽著他們的感想一邊走出會場。

觀眾們成群結隊地聚成一團走向車站。

他們因為平靜的熱氣與不會冷卻的興奮而處於半夢半醒的狀態。

當然，芽玖瑠也一樣。

乙女的演唱會以成功完美收尾，她離開後就沉浸在恍惚的幸福感之中。

「唔嘿嘿……呵呵呵……真的好可愛啊……」

臉上的笑容停不下來。

她不禁心想「幸好有戴口罩」，但在這個地方就算露出不像樣的表情也不奇怪。

畢竟大家臉上都掛著類似的表情。

這演唱會太棒了……幸好有來……幸好沒安排工作……

能搶到票是僥倖，行程剛好空出來也很幸運。

由於明天還要正常工作，現在要趕緊搭新幹線回去。

去程的新幹線，她將心意寫入要投進禮物箱的信上，回程則是沉浸在餘裕之中。

這趟旅程很幸福。

「話說回來，小櫻是不是比以前還會唱啊？」

「啊——我也覺得。舞蹈非常俐落，歌唱得也很棒。高音超狂的。」

「感覺整個人都閃閃發光？今天的小櫻真厲害啊。」

「該怎麼說小櫻或許也找到感覺了應該說脫胎換骨總之成長得非常明顯雖說我也一直在關注她但演技和舞臺動作在不斷進化果然是因為周圍的影響吧這裡說的周圍的影響具體來說就是啊～這個說出來好嗎感覺不太好啊但是。」

「又來了，木村的高速講話。」

大概是興奮稍微冷卻了一些，周圍的人開始聊起演唱會的內容。

如他們所說的，芽玖瑠也有相同的感受。

能創造出如此驚人的狂熱氣氛，正是因為她的表演太厲害了。

芽玖瑠去看過好幾次乙女的演唱會，但今天可能是第一次表現出這麼高的水準。

「……………唔。」

她重新打開手機的電源，發現有來電。

螢幕上顯示著花火的名字。

「喂喂。」

『啊，接了。小乙女的演唱會已經結束了？妳今天有辦法回來嗎？』

「嗯，沒問題。我現在正往車站走。」

『嗯。再告訴我幾點到。我去車站接妳。所以？演唱會怎麼樣？』

「超……………棒的。」

『妳也拉得太誇張了。』

聽得見她愉快的笑聲。

芽玖瑠很想把感想講過一遍，但只靠坐電車之前的這些時間，再怎麼樣都說不夠。

所以，她只先傳達了感激的心情。

「花火，謝謝妳。幸好我有來。」

『對吧——？我就說這樣比較好吧。所以呢，會場感覺怎麼樣？』

花火大概是故意草草帶過，立刻拋出了其他話題。

芽玖瑠理解了她的用意，老實回答了問題。

她告訴花火，說觀眾的熱量很厲害，乙女的表演非常出色。

『這樣啊。小乙女果然很厲害啊——雖然和這種人在一個小隊會很有壓力……算了，至少比另一邊好多了。』

芽玖瑠也同意。

要是乙女待在旁邊，雖然會把觀眾的視線全都吸走，但總比正面和她交鋒好多了。

七月的演唱會順利結束，她們終於要向著「皇冠☆之星演唱會『獵戶座』ＶＳ『貫索四』」前進了。

乙女八成是因為巡迴演唱會的關係，上次演唱會只登臺唱了一首。

但是，這次將會全程參戰。

芽玖瑠她們也必須繃緊神經才行。

緊繃的身體幾乎要潰散了。

那是她跟花火一起去參加「貫索四」第一次課程的時候。

芽玖瑠走進已經熟到不行的大樓，在更衣室換了衣服，打開指定的課程室的門。

到這裡為止，都還跟以前一樣。

「啊！小玖瑠和小花火。早安～」

不同的是，櫻並木乙女站在那裡。

她露出惹人憐愛的笑容，不斷揮著手。

「…………………」

前幾天自己才剛對著尖叫的對象就站在那裡，理所當然地跟自己打招呼。

腦袋好像要發生異常了。

這是什麼狀況？死前作的夢？

雖然有一瞬間停止了思考，但芽玖瑠還是露出親切的笑容打了招呼。

「早安，櫻並木小姐。」

「喔——小乙女早啊～」

花火拍了拍芽玖瑠的肩膀。

或許是她是想說「幹得好」吧。

花火順勢開始跟乙女聊天。

「小乙女，演唱會結束了吧？怎麼樣？」

「啊——總算是順利結束了～雖然有很多辛苦的地方，但是很開心。」

她肯定沒想到芽玖瑠有去她的演唱會。

芽玖瑠內心露出微笑，同時偷偷觀察乙女。

「……是聖母。」

她在嘴裡低聲嘟囔。

乙女穿著「奎宿九」VS「河鼓二」演唱會的T恤，底下是普通的運動服。很有練習演唱會的樣子。很像一回事。明明穿著T恤，為什麼會這麼讓人心動……下次穿一樣的T恤吧……那樣就是一對的了……一對……

「早安——！」

芽玖瑠沉浸在妄想中，此時充滿精神的聲音把她拉回了現實。

是高橋結衣。

她滿滿的笑容與頗有朝氣的問候讓人很舒服。

她晃著黑髮，走進了房間。

她穿的是學校的體操服。由於身上有健康的日曬痕跡，就像是參加社團活動的學生。袖子捲了起來，衣襬也綁住，因此白皙的肩膀與肚子很耀眼。

那嬌小的身體擁有充沛的活力！看到這副模樣就讓人心暖暖的。可愛。好可愛……表情差點就「嘿嘿嘿」地傻笑起來。好想寵她。要吃糖嗎？

結衣是才入行第二年的聲優，但已經迅速嶄露頭角。

演出作品以驚人的氣勢增加，早早就在「魔女見習生瑪修娜小姐」擔任了主演。她擁有

遠遠超乎新人的演技，是藍王冠備受期待的新星。

不過她的快活表裡如一，是個非常好的孩子。

芽玖瑠私底下也關注著結衣，所以能近距離看到結衣讓她非常開心。

「啊，大家都到齊了啊。抱歉啊～我稍微借一點時間～」

接下來打開門的人，不是訓練員而是「皇冠」的製作人。是榊。

她依舊熱情奔放，甚至有點像個怪人，但也奮力地帶領著「皇冠」。

今天是「貫索四」第一次齊聚一堂的日子。

榊說要在上課前「讓我說幾句」，於是她們便提早集合了。

「大家也是第二次參加演唱會了，應該知道狀況。不過請讓我說幾句話。首先第一點，有一件重要的事情。就是這次也要選出隊長！」

榊一副開心的樣子，啪一聲拍了一下手。

芽玖瑠聞言，內心不禁露出了苦澀的表情。

上次演唱會也選了隊長，但也因此引發了很大的爭執。

然而，榊扠著腰，十分感慨地說道：

「哎呀，有隊長的話果然更能炒熱氣氛。上次也因為這樣而盛況空前。而且，有個人願意在前面當領頭羊，也能讓大家繃緊神經。」

就結果而言，確實是這樣沒錯。

雖然有壞事，但也有好事。

而且，「奎宿九」當初之所以會亂成一團，也是因為裡面有問題兒童。

看著「貫索四」的成員，芽玖瑠認為應該不會發生那種事情。

「然後，至於關鍵的隊長一職，就交給櫻並木小姐吧。」

「咦，我嗎？」

榊指名之後，乙女詫異地回問。

榊用力點了頭，接著晃著食指說：

「艾蕾諾亞·帕卡在作品中被稱為究極偶像！因此飾演她的櫻並木小姐正是隊長的不二人選！」

似乎和上次相同，比較著重在角色的概念上。

姑且不論這點，乙女當隊長是大家都能接受的人選。

大家都贊同地點頭，表示那是當然的。

然而，當事人乙女卻感到不知所措。

她用手捂著嘴，觀察周圍的臉色。

「但是，那個。我在之前的演唱會只有獨唱……大家可以接受我來當嗎？」

看樣子她好像在顧慮別人，但完全搞錯了。

三人見狀立刻回答。

「乙女前輩當隊長的話，我會非常放心！」

「也沒人比小乙女更適合了吧。大家會好好跟著妳的。」

「是的。請多關照。」

就像是理所當然般，沒有反對意見。

如果是那位櫻並木乙女帶頭，不管是誰都願意跟隨。

儘管乙女還感到困惑，但她握緊拳頭，隨後喊了一句「我知道了！」

這邊沒有什麼需要擔心的了。

但是，「選隊長」這件事讓芽玖瑠感到不安。

「那個，『獵戶座』的隊長是誰呢？」

芽玖瑠舉手向榊發問。

雖說製作方肯定沒有這個意圖，但既然這邊的氣氛很和平，相對地就會把問題兒童集中在「獵戶座」。

畢竟是歌種夜澄、夕暮夕陽、雙葉薄荷、御花飾莉及羽衣纏這五個人。

只有滿滿的擔心……真的只覺得擔心。

所以芽玖瑠會在意到底是由誰來領導這個團體也是理所當然。

榊本打算回答，卻露出含意深遠的笑容閉上了嘴。

她用手抵著下巴，笑得一臉愉快。

「就等之後再好好期待吧？我這邊就先保密了。」

「…………」

她好像說了什麼別有深意的話。

很難判斷她到底是在捉弄人還是真的有什麼含意。

榊愉快地笑了笑之後，望向乙女。

她用有些開玩笑的口吻說道：

「那麼，隊長。請說一句抱負。」

又在強人所難了……芽玖瑠這樣心想，但意外的是乙女很配合。

她緊緊握拳，堅定地開口說道：

「這次的演唱會，我很開心能從一開始就和大家在一起！我們就以這個陣容創造最棒的演唱會吧！然後，這次的演唱會是跟『獵戶座』的對決演唱會。我絕對不想輸！為了不讓自己後悔，我們一起拚命加油吧！」

……真有領袖魅力～好想一生跟著她。如果是這個人，無論她下什麼命令我都照辦……

比想像中還要有模有樣。

說不定帶領別人出奇地符合她的個性。

儘管早就知道了，但這個組合似乎沒什麼好擔心的。

其他四個人開始鼓掌，乙女害羞地笑了笑。

時間似乎也正好到了，訓練員走進了房間。

大概不會出什麼問題，既然如此，就更必須要努力上課了。

課程開始後，發生了一件意外的事情。

「好，One、Two……」

在訓練員的指示下，芽玖瑠等人跳著剛學會的舞步。

由於這是第一天，動作還很僵硬。

三個人的舞蹈動作都跳得亂七八糟。

只有結衣例外。

她完全記住了舞蹈動作，展現出精準的舞步與俐落的動作，跳得比任何人都漂亮。

『啊——我很擅長模仿別人。只要看一次，應該就能模仿個大概！』

花火在之前的課程中這樣詢問，結衣好像是這樣回答她的，話中不帶諷刺。

真是令人羨慕的才能。

她的動作十分洗練，就算現在登臺演出也不成問題。

只不過，芽玖瑠已從花火那聽說了結衣的才能。

雖然會驚訝，但不至於感到意外。

讓她感到意外的是乙女的動作。

「好的，先到這裡吧！休息一下～大家要補充水分喔。」

訓練員拍了拍手。

隨後，汗水淋漓的乙女地用手撐住膝蓋，發出「呼咿～」的聲音。汗如雨下。

那副性感的樣子差點讓芽玖瑠死死盯著看，但現在不是看入迷的時候。

「啊，我去一下廁所喔——」

同樣汗水淋漓的花火這樣告訴訓練員，便走出了房間。

芽玖瑠也向訓練員說了一聲，立刻慌張地追上花火。

下一刻，身後傳來乙女她們的對話。

「小結衣，妳好厲害喔……舞蹈動作是不是已經很完美了？」

「是嗎？但是，我感覺自己還有得學！我會努力加油的！」

「唔唔，好耀眼……十幾歲的人真厲害啊……」

芽玖瑠因為那溫馨的對話而湧起一陣暖意，就這樣來到了走廊。

她追到花火的背後，用手指瘋狂地戳著她。

「花火花火花火花火花火花火。」

「什麼什麼什麼什麼什麼什麼？」

眼見花火饒富興味笑著，芽玖瑠緊緊貼在她身上。

因為在課上到一半時芽玖瑠就開始擔心，非常想快點找花火商量。

「噯，小櫻看起來狀態不太好……動作好像不怎麼俐落。她該不會又累積了疲勞吧……？」

芽玖瑠在練習時用視角餘光捕捉到跳舞的乙女，但就算講得好聽點，也很難說她跳得很華麗。

與芽玖瑠她們相差無幾，動作並不漂亮。

這點讓芽玖瑠非常在意，內心忐忑不安。

然而，花火卻只是說「是嗎～？」歪了歪頭。

「本來就是那樣吧？畢竟這是第一次上課。單純是小結衣太厲害而已啦。」

「可是，我之前看演唱會時她跳得超厲害的。漂亮到讓人驚訝。舉手投足都非常精湛，或者說華麗。」

「那是因為練習過吧？那時的她舞步已經完成了。我記得小乙女沒那麼擅長跳舞。水準跟我們半斤八兩吧。」

芽玖瑠明白花火想說什麼。一般來說都會這樣想。

可是，對於當面看過櫻並木乙女的芽玖瑠來說，實在無法釋懷。

她直接說出了心中的疑問。

「那是怎樣？妳的意思是小櫻的起點跟我們一樣，後來才把完成度提升到那麼高？不會吧？」

「我沒看那場演唱會，也沒辦法說什麼。但應該就是那樣吧？因為她這人很努力啊。」

「…………」

這樣想是最自然的。

即使一開始跌跌撞撞，只要經過不斷練習，就會逐漸變得洗鍊，最後接近完成的狀態。

但是，芽玖瑠不認為自己練到最後，可以變成像當時看到的乙女那樣。

在乙女的演唱會上，芽玖瑠感覺從內心深處開始沸騰，有種彷彿燃燒般的亢奮感。

周圍都狂熱起來，芽玖瑠自己也狂熱起來，這股熱量在會場裡打轉，宛如是在另一個世界發生的事情。

而引發這一切的，正是乙女的表演。

芽玖瑠在思考。

那麼，自己接下來繼續上課，能把水準提升到像在演唱會上看到的乙女那麼精湛嗎？

說實話，沒有自信。

這並不是因為芽玖瑠會放水，也不是因為她不認真。

真要說的話，成瀨也笑咪咪地對花火與芽玖瑠說過：「兩位真的很認真，我很開心。吉澤小姐想必也為妳們感到驕傲呢。」她們兩個堪稱是模範生。

對於自主練習，她也在不影響工作的範圍內盡可能參加，應該算練得很勤了。

但是，她總是覺得自己與乙女有根本上的不同。

芽玖瑠感覺乙女的內心存在著某種東西。

她本身的熱情，能引出他人的熱情。

芽玖瑠回到課程室後，發現乙女正和結衣一起預習舞蹈動作。

她那副模樣看起來莫名耀眼。

雖說陣容不同，但形式跟上次的課程沒什麼變。

自主練習也是一樣。

課程結束後，訓練員把一疊紙交給乙女。

「我把預定表給妳們，在上面寫一下想參加自主練習的日期喔。只要申請就可以使用課程室。那麼，之後就拜託隊長小乙女了！」

訓練員說完就離開了房間。

乙女露出微笑，將紙分給其他三個人。

「那麼，大家寫一下預定表吧。」

芽玖瑠點頭，同時想起之前的事情。

「奎宿九」曾在這時起過爭執，氣氛頓時變得一觸即發。

但是，這次大家是在平穩的氛圍中抱頭煩惱了一番。

看起來果然不會出問題。能專心思考自己的事情。

至於能來幾次呢……正當芽玖瑠對照著行程，旁邊的花火突然大喊。

「咦？小結衣，妳要來那麼多次嗎？」

「是的！因為我想盡可能練習！」

芽玖瑠看過去，發現結衣的預定表塞得滿滿的。

在這四個人當中，她確實是工作最少的也不一定。

但是，她的演出作品在增加，應該也有試鏡要參加。

真要說的話，她應該還在上高中……沒問題嗎？

「小結衣，這樣沒問題嗎？不可以太勉強自己喔？」

乙女或許是同樣覺得擔心，觀察著結衣的臉色。

下一刻，結衣重新看向自己的預定表。

她看了一會兒，說「不，沒問題！」滿臉笑容。

這孩子真有體力……

還是說，這就是高中一年級生擁有的能量嗎……

結衣舉起預定表，精力充沛地繼續說道：

「我不練習這麼多是不行的。再怎麼說，對方那邊可是有夕陽前輩呢！為了不輸給夕陽前輩，我也要好好加油！」

結衣「哼——」一聲，鼻子用力呼氣。

看到她的反應，三個人都歪頭感到不解。

花火把疑問說了出來。

「小夕暮？哎呀，小夕暮雖然也練得很勤，但小結衣應該不會輸她吧？」

上次與千佳在同一個小隊的花火這樣說實在很有說服力。

夕暮夕陽的舞蹈並沒有出色到需要特別著墨。而且她不擅長運動。（好可愛）

而結衣有著天賦異稟的才能，實在不曉得為何會將夕暮夕陽視為威脅。

這時，結衣的表情帶有笑意，發出「嗯呵呵」的聲音。

「不不不，夕陽前輩總是會超越我的想像。她那樣說過了。尤其這次夜夜前輩也在。我要用超越全力的全力去對抗她們，然後再讓她們打倒我。我認為夕陽前輩會這麼做的。」

結衣雙手緊緊握拳，用閃閃發亮的眼神仰望著天花板。

那是目前為止最為閃耀的表情。

——芽玖瑠她們並不曉得——

在「魔女見習生瑪修娜小姐」，千佳她們回敬了結衣那驚異的才能。

無論結衣怎麼發揮自己的力量，千佳都會凌駕於她之上。

所以，妳就安心地放馬過來吧。

千佳像這樣表現出前輩的志氣，讓結衣對千佳更是著迷了。

所以，這次結衣也期待能使出全力對抗，然後再被對方超越。因為不管自己把水準提升得多高，千佳都會超越她。

……不過，這終究只是說演技。

如果把這件事告訴千佳，她肯定會困惑地說：「咦，根本不是在講舞蹈吧？」言歸正傳。

乙女饒富興味地聽著結衣的話，頻頻點頭，然後看著結衣的預定表。

「原來如此……」乙女如此低喃。她的預定表一片空白。

結衣注意到這點，不禁疑惑地說：

「乙女前輩，妳不填嗎？」

「唔——我也想像小結衣一樣填一堆日期……但要跟經紀人商量一下～要是安排得太密集肯定會惹她生氣的。」

乙女笑著搔了搔臉頰。看來她有確實做好身體管理。

所以，芽玖瑠不曉得乙女在自主練習的預定表上填了多少天。

但是，芽玖瑠覺得每次參加自主練習，乙女都會有很高的機率在場。

儘管「皇冠」開始忙起來了，但也不至於繁忙到忘記一切。

芽玖瑠倒是覺得如果真能忘記反而好多了。

她默默地走在錄音室的走廊。今天是為了廣播錄音而來。

隨後，她的視線停留在眼熟的人身上……不禁就注意到她了。

「啊。」

「呃……」

對方正好從房間出來，眼神就這樣對上了。

是穿著制服的千佳。

看樣子她直到剛才都在錄音。

芽玖瑠想起之前在事務所見到她的那個時候，不禁皺起了臉。

隨後，千佳瞇起眼睛，望著芽玖瑠說：

「用『呃』問候別人還真是特別呢，柚日咲小姐。妳的反應就好像看到了害蟲還是什麼似的。」

「妳就有害啊……之前還瘋狂地來找麻煩……」

「找麻煩？我沒有那個意思啊？」

「別走過來別靠近別過來停下！」

千佳面無表情地逼近過來，芽玖瑠不禁慌張地往後退。

這後輩也太惡質了。

由美子就已經很誇張了，千佳也相當難搞。

如果被她拉近距離，自己轉眼間就會淪陷，所以芽玖瑠拚命保持距離。

眼見芽玖瑠這樣的反應，千佳露出了傻眼的眼神。

「我什麼都不會做的。不用那麼警戒。」

「誰知道呢……」

有前科的人不管說什麼都沒說服力。

正當芽玖瑠死命監視著千佳時，千佳舉起了手。

「……唔。」

芽玖瑠不由得顫抖，縮了一下身子。

然而，千佳只是摸了一下自己的頭髮，似乎並沒打算做什麼。

不僅如此，她見到芽玖瑠反應過度，反而驚訝地瞪大了雙眼。

「柚日咲小姐……」

「……嗯，剛才是我不對……」

臉瞬間發燙，芽玖瑠為了避開千佳那憐憫的視線而低下頭。

別因為後輩舉起手就害怕啊……真丟人……

要是有洞真想鑽進去……

繼續跟千佳在一起也只會露出更多馬腳。

芽玖瑠打算立刻離開，但是想起來自己的目的地，不禁湧起灰暗的情緒。

她想逃離現場，結果還是說出了逃不開的話題。

「噯，夕暮。我有件事情想問妳。」

「什麼事？」

「接到通知說高中生廣播要結束的時候，妳有什麼想法？」

千佳明顯地露出疑惑的表情。

她就這樣盯著芽玖瑠看，然後稍微移開了視線。

「為什麼我必須回答這種事情呢？」

芽玖瑠明白那不是什麼美好的回憶。

雖說那個節目因為數字回升而復活了，但原本已經決定要腰斬。

並非是個會聊得很愉快的話題。

但是，當時的夕暮夕陽感受到了什麼，是怎麼想的呢？

現在，芽玖瑠很想問個清楚。

「我之前可是有聽妳商量喔。」

「……………」

芽玖瑠在暗示千佳欠自己人情，千佳便尷尬地歪起嘴。

話雖如此，如果她真的不想說也無所謂。

「妳不想說的話，我不會強迫妳。」

芽玖瑠繼續這樣說，然後千佳重重地嘆了口氣。

她再次移開視線，小聲地嘀咕：

「那麼久以前的事情，我已經記不太清楚了。」像是在做垂死掙扎般這樣起頭。

這件事也沒過那麼久吧。

這種宣言實在很勉強，但現在先別吐嘈她吧。

「……當時我很受打擊。甚至連我自己都很驚訝。我體驗到一種來路不明的感覺，就好像眼前一片漆黑那樣。再也不想有那種經歷了。」

「……………」

她發出像是在悔恨、也像是在呻吟的聲音。

芽玖瑠不禁心想「啊，我想也是」。

她差點同意千佳說「就是啊」。

自己主持的廣播節目會結束。就要結束了。

這種無可奈何的絕望感，會毫不留情地撕裂內心。

芽玖瑠差點就忍不住閉上眼睛，但千佳繼續說道：

「……不過，那是我手上第一次有正規廣播節目。可能因為是第一次，所以才會那麼想吧。」

千佳平靜地如此說道，但芽玖瑠不認同這句話。

因為是第一次所以很受打擊……這點是沒錯，但也很難說是正確答案。

芽玖瑠也見證了好幾次廣播的落幕。

其中，會深深震撼到她內心的廣播屈指可數。

千佳體驗到的感覺，與對廣播的心意成正比。

那個節目對自己來說愈是重要，愈是珍惜的話——

得知節目要消失的時候，就會有一種巨大的失落感襲來。

對於千佳來說，想必「夕陽與夜澄的高中生廣播！」就是那樣的節目。

千佳肯定會否定這點，所以芽玖瑠也不會多說什麼。

而現在，芽玖瑠也即將失去重要的廣播節目。

她與千佳道別，這次終於朝著目的地錄音間走去。

這一天，芽玖瑠會到錄音室，是為了進行「十偶廣播」的錄音。

在下一次改編期，這個廣播就會結束。

不希望結束。希望繼續堅持一下。

即使她像這樣哀嘆，廣播的結束也已成定局。

儘管「夕陽與夜澄的高中生廣播！」順利從腰斬後復活，但那是特例中的特例。

而且，即使決定要結束節目了，當然也還要錄音。

「十偶廣播」是由柚日咲芽玖瑠負責當MC，其他聲優輪流當主持人的節目。

之後，芽玖瑠可能每次錄音都要做告別的問候。

要向一路與自己走來，擔任過主持人的那些聲優。

芽玖瑠走進錄音間後，發現今天的主持人已經坐在位子上了。

「嗨，玖瑠瑠。早～」

「早安。」

以隨和的語氣搭話的，是今年入行第七年的女性聲優，辻優香。

剛出道的時候因為有著娃娃臉，給人的感覺又像個小惡魔一樣，十分惹人疼愛。

她在這幾年變得非常成熟，現在已經散發著一股穩重的氛圍。

芽玖瑠很喜歡她在第二年於「漫研！」飾演的角色柊夢子。

尤其是角色歌曲特別可愛，她在活動裡唱歌的模樣如今依然印在腦海。

雖然芽玖瑠沒對她本人說過就是了。

「玖瑠瑠，妳聽說了嗎？」

辻笑得很為難，觀察芽玖瑠的反應。

她沒有加主語，但芽玖瑠反而明白她在說哪件事。

「聽說了。說是到下一個改編期為止。」

「這樣啊。肯定聽說了嘛。玖瑠瑠一直為我們努力，但看來也到此為止了。」

「…………」

這句話，對芽玖瑠來說很沉重。

然而，辻的表情卻好像已經看開了一樣。

她以充滿愛憐的表情望著桌上的麥克風與開關盒，面帶微笑地說道：

「但是，能堅持到現在都是玖瑠瑠的功勞。」

「沒有這回……」

「有啦～十偶全是新人，裡面走紅的人只有玖瑠瑠。我們大家都始終默默無聞，既不受歡迎也沒有話術，但多虧有玖瑠瑠幫我們想辦法，節目才得以維持住的。」

芽玖瑠不知道該如何回答，頓時不發一語。

芽玖瑠也有在逐一確認，她發現「十人偶像」的其他聲優已經在逐年減少活動了。

其中還有最近幾年完全沒有演出作品的人。

辻也是其中一人。

辻用手托著臉頰，露出了苦笑。

「我是覺得自己已經努力過了，但還是不行呢。不過，我現在已經徹底死心，也整理好心情了。」

別說這種話……芽玖瑠差點說出這句話，但總算設法控制住了自己。

「說得像是已經最後了一樣……」

芽玖瑠想用開玩笑的語氣帶過。但是，沒有成功。

她本以為辻是在對這個狀況說喪氣話，但是她的表情呈現了其他面貌。是認命了。

辻反而以莫名痛快的樣子繼續說道：

「哎呀～已經是最後了啦。要以聲優的身分從這個狀態下獲得成就，肯定是沒辦法的。畢竟我知道自己有幾兩重。而且，我正在考慮回老家。」

「老家……」

這樣事實上算是引退了。

她打算放棄這條路，改變環境，捨棄作為聲優的立場。

倘若有邀約，她或許會接受，但已經不會再主動去找工作了。

當然，也不會參加試鏡。

她——辻優香的聲優之路將會在此結束。

芽玖瑠湧起一股討厭的感覺，彷彿腦袋被人狠狠敲打一樣。

喜歡的聲優消失，無論何時都教人難受。

只能一味看著不再更新的維基百科，抑制內心的躁動。

本人能接受現實是很值得高興，但是被丟下還是會讓人感到寂寞。

辻不曉得芽玖瑠內心的想法，露出平靜的笑容。

「但是，我覺得自己很受眷顧。畢竟能直到最後都認為自己是個聲優嘛。這都要歸功於這個廣播，是玖瑠瑠的功勞。所以，讓我道個謝吧。謝謝妳。」

芽玖瑠希望她不要露出這麼爽快的笑容。

希望她不要露出已經下定決心的表情。

那種表情，是芽玖瑠最不想看到的。

「……我什麼也沒做啦。這個廣播，是大家一起攜手打造的。」

芽玖瑠總算是給出了回應，但辻臉上的笑容變得更深了。

然後，她喃喃說了一句。

「雖然玖瑠瑠總是和我們保持距離，但是呢，大家都知道玖瑠瑠是最為我們著想的。」

聽到她這句話，芽玖瑠這次真的什麼都說不出口了。

錄音結束，離開錄音室。

說不定，自己已經不會再見到辻了。

可是，辻卻是一如往常地與她道別。沒有特別做些什麼。

辻想必是因為十分理解芽玖瑠，所以才會這麼做。

芽玖瑠不會深入別人內心，也不會讓別人深入自己。

但是，今天的芽玖瑠沒有這種意圖。她單純只是不想接受現實。

說不定，再也聽不到辻所演出的聲音了。

說不定，再也聽不到她在廣播裡裝傻的聊天方式了。

這樣一想，內心就被滿滿的黑暗占據。

芽玖瑠「唉」一聲嘆了口氣，但心情完全沒有變得輕鬆。

她有氣無力地走在夜晚的街上，沒有打算直接回家的意思。

回過神來，自己已經下意識地走在熟悉的道路上。

「啊……也對啦……」

她不禁略帶自嘲地苦笑起來。

她注意到自己的目的地，快步走在昏暗的路上。

芽玖瑠的目的地，是距離錄音室很近的大公園。

因為太陽已經完全西下，自然沒有孩子們在玩耍。

或許是因為路燈不多，整體顯得很昏暗，也沒有人在這裡慢跑，幾乎沒有行人路過。

要是再走向深處，就完全沒有人的氣息。

她坐在冷清地被擺放在一旁的長椅上。

抹上漆黑色彩的樹木隨風擺盪，發出沙沙的聲音。

這個地方很安靜。

每當遇上討厭的事情、每當工作不順利，這種時候芽玖瑠就會來到這裡。

在這裡不會被任何人看到，自己的聲音也傳不出去。

在搬家之前家裡總是會有家人，而現在花火住在隔壁。如果她察覺到異狀，肯定會飛奔過來。

但是，只有現在是孤身一人。

「明明……是個很好的聲優啊。」

芽玖瑠如此低喃，但唯獨風聲給了她回應。

只有遠處的月亮看著芽玖瑠。

辻優香。她有著可愛的聲音。聊天愈是失控就愈是有趣。

演唱會時會率先煽動觀眾，也有擅長炒熱氣氛的一面。

「明明很喜歡的啊。」

作為聲優也好，作為夥伴也好。

但是，她就要消失了。

因為沒能在搶椅子的比賽中勝出。

因為被其他人擠開了。

可是，她卻露出那麼爽朗的表情，向自己告別。

「嗚……」

由於現在是自己一個人，一直忍耐的龐大感情一口氣宣洩而出。

這裡沒有任何人。

聲音也傳不出去。

芽玖瑠察覺這個事實的瞬間，那道牆一口氣崩塌了。

「嗚哇啊啊啊啊啊啊啊啊啊啊啊啊啊啊啊嗯……！」

她張大嘴巴，像個孩子一樣哭了。

嚎啕大哭。

絲毫不顧體面，也不管是否很丟臉，她發出嗚咽，開始啜泣，淚流不止。

不這樣做的話，感覺好像會在什麼地方啪一聲爆掉。

因為，襲向芽玖瑠的不只是跟迂的別離。

眼前發生的事情，讓她硬生生地認清了現實。

「我……沒辦法……沒辦法變成『讓聲優發揮長才的聲優』……！」

芽玖瑠視為目標的聲優，是芽玖瑠的理想。

不去爭搶工作，不與其他的聲優較勁，而是大家一起合作，讓所有人都變得幸福。

她之前一直覺得廣播節目就是可以實現這個理想的世界，一直以此為目標而努力。

她想作為一名粉絲，為她們的活躍而感到喜悅。

她去仰賴了那個世界。

但是，如今卻輕易地崩潰。

那個世界已經不會回來。

說不定，辻她們會說「沒這回事啦」。

為了讓「十偶廣播」繼續維持話題，芽玖瑠非常拚命，而且也拿出了成果。假如要坦率地接受辻她們說的話，芽玖瑠確實有留下功績。

但是，抵達的終點卻是節目結束，以及與夥伴們道別。

她隱約明白這點。注意到了這點。

但直到決定性的事情發生之前，直到花火闡明這點之前，直到自己注意到之前，芽玖瑠一直都在視而不見。

只要作為聲優的地基脆弱，無論主持人的功力磨練得再好，遲早還是會崩潰。

只要沒有聲優的地基就無法成立。

柚日咲芽玖瑠無法成為「也能當聲優的主持人」。

出道以來的這幾年，她一直依靠的東西在手中猶如泡沫般消失而去。

到頭來，連那些也不過是為了「無法拚命參加試鏡的自己」所找的藉口。只是逃到了那裡。只是在作夢。只是對現實視而不見。

自己依靠的重要事物消失了，剩下的只有欠缺職業意識的自己。

結果兩者都沒能得到，只是個悲哀的小丑。

這是杏奈人生中從未體驗過的巨大挫折。

芽玖瑠緩慢地走出公園。

她雖然徹底哭了一番，吐出喪氣話，心情卻沒有變好。

她只是稍微冷靜了一點，宛如泥水般的感情一直累積在肚子裡。

就算這樣，她也不能一直待在那個地方，於是她走向車站。

夜更深了，腳步聲聽起來莫名響亮。

「…………」

她吸著鼻子，回到了錄音室前面。

窗戶微微漏著亮光，可以看出裡面的人還在工作。

並沒有什麼特別的含義，但芽玖瑠不自覺地停下了腳步。

「哎呀？」

正當芽玖瑠呆呆地抬頭仰望時，從裡面出來的人叫了一聲。兩人對上視線。

那是芽玖瑠熟悉的人物。

她穿著清涼的白色上衣與黑色蕾絲長裙，長長的頭髮在腰後搖來晃去。這身服裝雖然很成熟，卻也顯得很可愛。

漂亮的容貌轉眼間露出笑臉，她喊著「哇——！小玖瑠！」跑了過來。

「櫻並木小姐……」

從錄音室走出來的，是櫻並木乙女。

若是平常，芽玖瑠想必會因為這偶然的相遇而雀躍不已吧。

但是，失落到這個地步，就算是芽玖瑠也沒辦法坦率地高興。

乙女對她的心情不得而知，歡樂地散播著笑容。

「嗨，小玖瑠，真是巧呢！小玖瑠也是因為工作？」

「啊——……嗯，是啊。是工作。」

嚴格來講，要說才剛工作結束是有點勉強，但要解釋也很麻煩，所以芽玖瑠就敷衍過去了。

「我也是～今天的份才剛結束。然後居然！明天是休假喔～」

乙女喊著「耶耶」，以可愛的動作比出了勝利的手勢。

她明天好像不僅休息，還打算去見熟人，所以心情特別亢奮。

這讓芽玖瑠消沉的心多少平復了一些。

回家之前看到了好東西呢……她才剛這樣想，乙女便戰戰兢兢地開口了。

「所以，小玖瑠？小玖瑠妳也是才剛工作結束的話……要不要稍微去喝一杯？」

這是在邀請她去喝一杯。

芽玖瑠不接受這類邀請，這點乙女應該也明白。

她不知道拒絕過多少次。但乙女沒有學到教訓，依然來邀請她。

當然，平常的話芽玖瑠是絕對不會去的。

然而，只有今天——誰都可以，希望有人能陪在身邊。

就算想去找花火哭訴，芽玖瑠也因為之前的事情而有些抗拒。

所以——

「……好啊。走吧。」

芽玖瑠給了這樣的回答。

雖然是乙女自己邀請的，她還是驚訝得「咦！」了一聲，眨了眨眼。

「唔哇啊啊啊……！可以嗎……？咦——好開心！走吧走吧！」

她立刻破顏而笑，表現出雀躍的樣子。

這個人真的很可愛。

面對這樣的她，芽玖瑠心裡稍微湧出一些罪惡感。

接受她的邀約，其實也是因為想嘗試一件事。

乙女說附近有間不錯的店，於是芽玖瑠老實地跟著乙女走。

乙女帶她來到的是一間安靜的酒館，氣氛很不錯。

內部裝潢很時髦，相當有品味。

儘管兩人都吃過晚餐了，不過還是稍微配點下酒菜喝酒才剛好。

兩人坐在吧檯的座位上，隨便點了些料理，酒則是從幾種啤酒當中選的。

「那我們乾杯——」

「乾杯。」

乙女心情大好地探出玻璃杯，兩人碰了一下杯。

隨後她倒著酒杯，動起喉嚨喝了幾口之後，便「呼～」一聲吐出熱氣。

「真好喝～……下班後喝的酒真是太棒了～……」

她整個人變得軟綿綿的，說出了像是大叔會說的話。

跟之前去吃烤肉時講的話一模一樣。

確實，痛快地完成工作之後喝的酒非常好喝。

正因為這樣，今天芽玖瑠才嘗不出什麼滋味。

「…………」

之前烤肉那時，芽玖瑠吐露了內心的煩惱。

就是關於自己無法在試鏡裡拚命的那件事。

平常的話，芽玖瑠絕對不會說出來，也許是因為那個場合和酒讓她醉了。

兩人有一句沒一句地聊著無關緊要的事，話題很自然地帶到了「皇冠」。

是關於自主練習。

「最近我跟小結衣經常一起練習，她真的是個好孩子呢。」

芽玖瑠同意這點。

雖說結衣很崇拜夕暮夕陽，但看在誰的眼裡都會覺得她很可愛。

該說是有後輩的樣子，還是說她像隻小狗呢？

唯一例外的是千佳會用彆扭的態度對待她，不過親近千佳的話，嗯，確實會變成那樣。

加上結衣擁有壓倒性的才能。

乙女提到了這一點。

「小結衣的舞蹈不是跳得特別好嗎？所以我經常麻煩她教我。不過，我總是沒辦法跳得像小結衣那麼漂亮，好煩惱喔。」

「妳會拜託她教妳嗎？」

「嗯？對。畢竟小結衣肯定跳得比我好嘛。我平常都是受她關照的喔。」

乙女直言不諱地說完後，笑了。

確實，結衣有著出眾的水準，請教她的話或許會更有效率。

但是，乙女是個活躍於第一線的超人氣聲優，像她這種人向十幾歲的新人請教，實在是個不可思議的構圖。

不會在意那種事情，就是她之所以能成為人氣聲優的原因嗎？

可怕的是，就連這樣的她也曾遭遇挫折。

芽玖瑠趁這個機會問出了一直想問的問題。

「話說……櫻並木小姐。妳最近好像也很努力在做自主練習，這樣不會勉強自己嗎？」

乙女應該忙得不可開交，但是她相當積極地投入自主練習。

對工作的態度是很了不起，但是她以前就是努力過頭，結果倒下了。

因此勢必都會先為她感到擔心，但乙女平靜地笑了。

「當時很對不起。害大家擔心了呢。」

的確是。

芽玖瑠自己也有一段時間吃不下飯。

她當然也有看乙女在直播中倒下的「愛心塔」的節目，花火甚至還擔心芽玖瑠得知乙女倒下後的反應，衝進了芽玖瑠的房間。

芽玖瑠再也不想有那種經歷，乙女似乎也是一樣。

她看著芽玖瑠的眼睛，鄭重說道：

「不過，已經不用擔心了。我有好好休息，也有拜託經紀人調節工作的量。是說，不這樣的話我也沒辦法參加自主練習吧？」

也許是這樣。

在寫自主練習的預定表時，她也說過要跟經紀人商量。

剛剛也聽說她明天休假。

而且，她明天或許也會去課程室。

芽玖瑠在意的就是這一點。

接著有一段時間兩人都專注地把酒喝光，隨後開始起了醉意。

芽玖瑠藉助酒精的力量，再次向乙女提問：

「為什麼櫻並木小姐能這麼努力呢？」

乙女似乎沒有明白這問題的意圖，以惹人憐愛的動作歪了歪頭。

她的臉很紅，可以知道她也開始醉了。

儘管這個問題被覺得失禮也是很正常的，但是芽玖瑠無論如何都想問。

芽玖瑠繼續說道：

「我認為櫻並木小姐非常努力。明明接了很多工作，但每份工作都竭盡全力，也不會因此驕傲，就算很忙也會安排很多自主練習。為什麼能努力到這個地步呢？我想知道理由。」

或許，這也只是在拿別人出氣。

芽玖瑠為了自己的理想努力到了現在。

儘管這些努力絕不會白費，但還是沒能達到理想。

她理解到，有些事情無論累積多少努力都還是無法觸及。

雖然只能放棄，但自己不曾放水，今後也不會。

可是，她確實受到了挫折。

乙女耿直地累積著努力。

她是不是有在努力後想達成的目標？所以她才能努力的嗎？

芽玖瑠想知道這一點。

「我想想喔。」

乙女把玻璃杯湊到嘴邊，以恍惚的眼神望向前方。

接著，她像是自言自語般低喃。

「之前，我很害怕稍微停下腳步，就會從這個業界消失。所以才拚命奔跑。應該是在勉強自己。可是，我現在沒那種想法了。雖然我還是覺得如果放水就會消失，但只要努力不懈，我就可以繼續當聲優……我想是這樣。」

芽玖瑠覺得她說的沒錯。

只要沒有驕傲自滿，櫻並木乙女肯定會走得四平八穩。

反過來說，她甚至可以稍微放鬆一點。

乙女應該也明白這一點，但她還是維持著很快的節奏長距離奔跑。

並不是因為過去的那種強迫觀念使然。

芽玖瑠不禁覺得，她是用不同的情感注視著前方。

乙女晃了晃玻璃杯，眼神朦朧地看向芽玖瑠。

「其實，我有了目標。我之所以能夠努力，肯定要歸功於這點。大概就是為了達成那個目標，才會讓我變得能一個勁地堅持下去吧。」

「目標……」

芽玖瑠立刻理解了。

很久以前，芽玖瑠也同樣立下了目標，決定要努力主持廣播。

多虧了那個目標，芽玖瑠才會獲得現在的地位，這點毋庸置疑。

既然如此，芽玖瑠自然會非常在意。

「妳說的那個目標，是什麼呢？」

聽到芽玖瑠的提問，乙女原本通紅的臉變得更紅了。

她重新看向前方，視線開始游移。

手緩緩舉起來。

「那、那個——……可以點餐嗎……」

「櫻並木小姐。」

「等、等一下……嗯，等一下喔小玖瑠……」

加點的酒來了之後，她一口氣喝下將近一半。

目前她其實已經喝了不少，不要緊嗎？

乙女「呼……」一聲深深吐出一口氣後，再次將那漂亮的臉朝向芽玖瑠。

「呃，小玖瑠……可以保密嗎？因為這件事很難為情，我還沒有跟任何人說過。甚至也對小夜澄保密。」

「我發誓，不會說的。」

「唔、唔唔……是因為小玖瑠是同期我才說的喔……還有，妳聽了之後不要傻眼，也不要笑我喔……」

乙女用手捧著杯子，忸忸怩怩了一會兒。

不久，她好像下定了決心，抿緊嘴唇。

就算借著酒意，就算酒精已經產生作用，她還是遲遲無法將這個目標說出口。

因為櫻並木乙女立下的目標很遠大，確實能讓人理解她為何不願意說出來。

「我想成為日本第一的聲優……」

乙女用手捂著臉，看起來真的很害羞地這樣說道。

「日本第一……」

芽玖瑠像鸚鵡學舌般跟著說出那遠大的目標，乙女轉眼間就變得滿臉通紅。

她的手不停擺動，不斷說出像是藉口般的話。

「不是，我知道喔？像是怎麼樣才算是第一之類的，也可能有人會覺得就憑妳這種人在得意什麼，就是覺得會讓人這麼想，所以我才沒說嘛！這、這個終究是目標，是『想成為』，是要朝著這個目標努力的意思！」

芽玖瑠或許是第一次看到乙女這麼驚慌失措。

芽玖瑠完全沒有調侃她，而是用表情敦促她繼續說下去。

因此，乙女總算開始用冷靜的語氣說話了。

「演技好的人、音域廣的人、擅長分飾不同角色的人、聲線獨一無二的人、能言善道的人、唱功出色的人……我覺得不該是藉由什麼來決定『第一』。可是，我希望有人能說第一厲害的聲優是櫻並木乙女，我想成為那樣的聲優。」

注視著玻璃杯的眼眸之中，有著非比尋常的感情。

櫻並木乙女是個銳不可當的聲優。

但是，她自己沒有野心，也沒有自信。

她拚命完成著眼前的事情，不知不覺間就爬到了這個地位。

正因為如此，芽玖瑠才會在意她為何會擁有如此狂妄的野心。

「為什麼要以第一為目標……？妳應該不是從以前就想成為第一吧？」

「對。這個想法，應該是回來工作之後才有的吧？」

是最近這幾個月的事情。

乙女傾著杯子，一飲而盡，然後吐出一口氣。

她面帶微笑，像是因為熱氣而恍惚那般嘟囔。

「我的肩上承載著許多人的心意。願意支持我的人、事務所的人、相關的人，以及——放棄當聲優的人。櫻並木乙女這名聲優是抱著許多人的心意在前進的。我想要報答他們。」

她用手指滑過空杯子，靜靜地繼續說道：

「大家支持的櫻並木乙女有了如此的成長。這都要歸功於大家的心意。我覺得這樣一來——應該能為他們支持我的這件事帶來一些意義吧。」

芽玖瑠明白她的心情。

作為一個支持別人的人。

假如自己支持的人成為了日本第一的聲優，這對那些人來說也很值得驕傲。應該會開心得無可自拔。

存在於她內心的光芒，肯定是如假包換，真的很溫暖。

芽玖瑠也由衷地希望這件事能夠成真。

然後，乙女說的「放棄當聲優的人」——

「……………」

乙女的背影，映著過去的同期。

秋空紅葉。

芽玖瑠從由美子那裡聽說了一些關於她的事。

她半途而廢，離開了聲優業界，不過現在好像過著平靜的生活。

與乙女的關係也很好，甚至大家還曾一起去吃飯。

假如她看到乙女變成了這個業界的第一。

她能柔和地笑著說「啊，真是太好了」嗎？

但是，乙女想要挑戰的道路險峻無比。

而且，可以說與芽玖瑠想走的路背道而馳。

「櫻並木小姐，意思是妳不想輸給任何人，對吧……？無論對方是誰，都想超越那個人，成為第一。就算對方是森小姐……」

這問題聽起來像是在找麻煩，但芽玖瑠就是忍不住想問。

之所以提起她的名字，是因為說到第一這個詞會先想到的就是森香織。

如同乙女說的那樣，很難解釋什麼樣才算第一。

芽玖瑠非常清楚這點，但是在她的心裡，森香織才配得上「日本第一聲優」這個頭銜。

演技怪物。

為了成為聲優而生的存在。

芽玖瑠也對她抱有強烈的憧憬，如果試鏡的角色相同，芽玖瑠的眼睛會閃閃發亮，想著「她會表現出什麼樣的演技呢！」，肯定會忘記自己也要飾演。

即使面對這樣的對手，乙女也有辦法去和她較勁嗎？

儘管這問題很失禮，但乙女似乎沒有感到不快。

「森小姐嗎？」乙女露出苦笑，接著緩緩點頭。

「──對。沒錯。就是那樣。我會努力的。雖然現在她們對我來說依然是遠在天邊的存在，但我會努力。為了將來能超越那些人，我會腳踏實地，好好地努力。」

「────」

既沒有敷衍，也沒有逞強，她承認自己的實力不足，但依然要朝著目標努力。

好厲害──芽玖瑠差點脫口說出這句話。

不讓憧憬依然只是個憧憬，終究是以同為聲優的角度看著森。

芽玖瑠盼望乙女能成為第一，但同時也希望能一直憧憬著森。

各式各樣的想法混在一起，芽玖瑠感覺乙女看起來分外耀眼。

但是，乙女似乎也清楚自己這番話是豪言壯語。

她立刻露出了尷尬的表情。

「那、那個，對不起……可以點餐嗎……」

乙女像是要逃避般撇開視線，緩緩舉起手。

從剛才起喝酒的步調就在加快。明明已經喝了很多啊。

「櫻並木小姐，我想還是別再喝比較好……」

「因為！小玖瑠讓我說了很難為情的事嘛！不喝我會很尷尬的！來，小玖瑠也喝！」

乙女滿臉通紅，大聲吼道。

那確實不像是乙女會有的龐大野心，芽玖瑠也能理解她因為說出口而害羞。

就負起讓她說出這些話的責任吧……芽玖瑠這樣心想，也開始看起菜單。

就結果來說，這個選擇應該不算很好。

走出店家的時候，乙女已經醉得東倒西歪了。

「小玖瑠～再喝一間吧，再喝一間～！」

乙女好像沒辦法自行走路，摟著芽玖瑠的肩膀，笑得一臉愉快。

芽玖瑠剛才的心情確實無比低落。

正因為太過消沉，她才能和乙女單獨去喝酒。

話雖如此，這也太誇張了。

自己的推摟著自己的肩膀，這種狀況大有問題。

希望各位想像一下。

喜歡得無可自拔，自己真愛的聲優露出軟萌的傻笑過來摟著肩膀，會怎麼樣？答案是會死。

這就像是有個人說「我練了腹肌，你來打一拳看看！」然後另一個人拿著球棒全力揮過去那樣。沒有叫你做到那種地步。也該有個限度吧。

「呼吁——……呼吁——……」

「？怎麼啦，小玖瑠。呼吸很急促喔？」

「畢竟我也喝了不少。」

雖說酒精全都沒了就是。

腦袋昏昏沉沉的，視野在旋轉，但理由並不是因為酒醉。

根據由美子的說法，乙女喜歡喝酒，但平常好像不會喝到這麼醉。

她為了掩飾害羞喝了相當多，原因肯定就是這個。

要是稍微放鬆一點好像就會失去意識，但芽玖瑠還是集中精神把乙女帶走。

「小玖瑠～再喝一點嘛～今天我們就喝到早上吧～」

「櫻並木小姐，妳喝太多了。今天就先回家吧。」

「咦～？因為小玖瑠肯陪我，讓我很開心嘛～今天真的很謝謝妳～」

乙女好像被逗笑了似的笑著，用頭磨蹭著芽玖瑠。

「啊——」

……有一瞬間死了。

驚人的體驗讓全身豎起寒毛，差點離開這個世界。不對，是真的離開了一次。現世啊，我回來了。

若是不快點把她塞進計程車，再繼續下去真的會撐不住的。

從剛才開始自己就發出奇怪的聲音。手也在顫抖。

走到大街之後，看起來能順利叫到計程車，芽玖瑠不禁感到放心。

「咦～小玖瑠。不再去喝一間嗎～？」

「今天就算了吧。明天會起不來的。」

乙女一臉遺憾地噘起嘴巴，但沒有繼續糾纏。

她呵呵地笑了笑，再次做出了會殺了芽玖瑠的發言。

「今天謝謝妳喔，小玖瑠，我最喜歡妳了～」

乙女在摟著肩膀的手上用力，說出了不得了的話。

但是，芽玖瑠好像已經超過了致死量，反而冷靜下來，成功回應。

「好好好，我也最喜歡妳了。」

芽玖瑠隨口敷衍過去，然後乙女就張大嘴巴，發出「呼哇啊啊啊～」的聲音。

她用手捂著臉頰，眉開眼笑。

「小玖瑠對我說喜歡耶～好開心喔～但是對不起。」

「明明是妳告白的，怎麼還先甩人啊……？」

「因為～我已經與小夜澄約好要結婚了嘛～」

「咦，真的嗎？可以邀請我去參加婚禮嗎？」

芽玖瑠忍不住用莫名認真的語氣回覆了她開的玩笑。

所幸，乙女看起來並沒有在意，她緩緩地繼續說道：

「會喔會喔～我也計劃要排個相關人員的座位，我空下那裡的座位給妳喔～」

「活、活動形式……！」

這個人說不定是天才。竟然把婚禮辦成活動。

櫻並木乙女與歌種夜澄的婚禮，會場的規模到底要多大啊……巨蛋……巨蛋嗎……？最大的會場好像能容納幾萬人來著……

正當芽玖瑠為乙女的商業頭腦感到戰慄時，計程車停在她們面前。

芽玖瑠把乙女塞進計程車，目送計程車離開。

乙女直到最後都是一臉喜上眉梢的模樣，軟綿綿地揮著手。

「……呼。」

看不到計程車之後，芽玖瑠呼了口氣。

剛才的體驗實在很不得了。

雖說心情已經跌到了谷底，但剛才可是和那位櫻並木乙女單獨喝酒。

若是平常的自己，絕對不可能。

還真虧自己沒露出馬腳。不過，恐怕已經不會再有第二次了——

「——咦？」

就在芽玖瑠傻眼地笑著的瞬間，不可思議的事情發生了。

眼前的光景——讓她無法理解。

她用一片空白的腦袋，凝視著染成鮮紅的右手。

是血。

這是——什麼？

從哪來的？發生了什麼事？

為什麼，手上會沾到這種、不知道是誰的血？

她哈一聲張開嘴，因為呼吸困難而說不出話。

這時，她總算理解了。

「流、流鼻血了……」

她慌張地抬頭。血的氣息和味道刺激到了喉嚨深處。

與此同時，她的腳也整個鬆軟沒了力氣，

並不是因為看到了血。恐怕是突破了臨界點。身體超過了極限。

這是因為攝取了過量的推……！

「糟糕糟糕……！絕對有哪裡的神經壞掉了……！」

芽玖瑠用面紙捂著鼻子，拖著狼狽的身體離開了那裡。

她總算是回到家了，但當晚卻發了原因不明的高燒。
幸好有花火來照顧，要是自己一個人的話也許就危險了。

「啊，花火。快唸下一封來信啊。」

「好好好。呃——化名『鈴鈴』同學。『玖瑠瑠、花親，妳們好！』。」

「嗨，妳好～」

「『我很喜歡動畫、漫畫還有聲優』。我想也是。」

「畢竟在聽聲優廣播嘛。」

「『我這個阿宅，最近交到了男朋友』。哦？怎麼？氣氛一下子變了啊？突然炫耀？是想吵架嗎？」

「希望可以注意一下用詞呢。根據接下來的來信內容，對『鈴鈴』的應對方式也會改變喔。」

「『可是，男朋友不理解阿宅的興趣，他抱怨說都這個年紀了，也該從那種東西畢業了吧』……事情發展開始變奇怪了呢。」

「如果是秀恩愛的來信還比較好呢……」

「『就算男朋友這麼說，我也不會畢業。但是，每當我想到是不是遲早都要從自己的喜好畢業，我就覺得很寂寞。二位有放棄過什麼喜好嗎？』。」

「總之，幸好不是個悲傷的結局……」

「要再繼續陪著我們喔～『鈴鈴』。還有，替我揍一下那位男朋友。」

「啊，我也要。要揍兩下喔。」

「別講得像加點一樣啊。不過，就像『鈴鈴』說的那樣，人總是會在某些時候放棄自己的喜好呢……

升學、就職、結婚……好像有不少人會因此捨棄掉。」

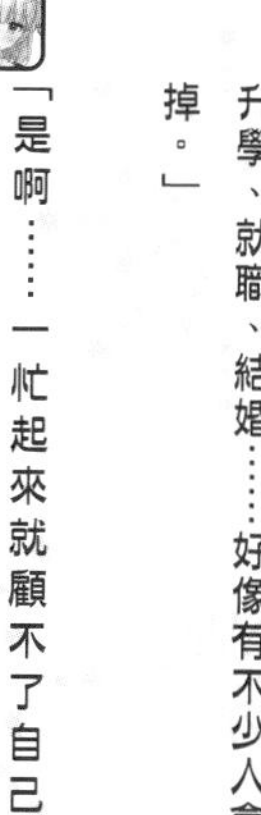

「是啊……一忙起來就顧不了自己的興趣了——……不過，必須從自己很喜歡的喜好畢業，實在很難受呢。」

「畢竟有時候就算不想放棄，也不得不放棄呢。」

「對了對了。我也是，雖然不能講得很詳細，不過最近我也從很喜歡的東西畢業了。」

「嗯。」

「因為很喜歡，要放棄自然會感到寂寞，也會很難接受。但我的情況也是因為逼不得已。」

「嗯。」

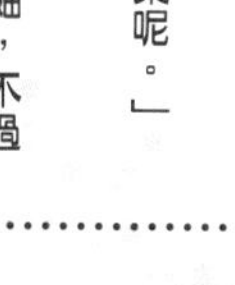

……………………………………

「但是，曾經喜歡的過去不會因為這樣而改變，也會留下開心的回憶，所以我也覺得這樣就行了。嗯，我覺得這樣就好了。」

「這樣啊。」

「當然，在這種情況下——」

to be continued……

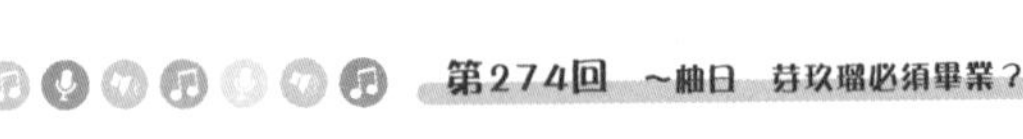

「……嗯唔。」

芽玖瑠緩緩從床上挺起身子。

燦爛的陽光從窗簾外面照進來，時鐘顯示已經過了中午。

她用手摸了摸額頭，感覺燒已經退了，頓時鬆了口氣。

「啊，醒來了。芽玖瑠，妳應該沒事了吧？」

來搭話的人是花火。

她放下手上的手機，往這邊靠了過來。

昨晚她照顧芽玖瑠之後就先回房間了，所以好像是醒來之後又來看看芽玖瑠的狀況。

芽玖瑠不禁覺得，她住在隔壁的房間真的是太好了。

芽玖瑠把手放在脖子和臉頰，同時回答問題。

「大概吧。燒好像已經退了。」

「是嗎？那就好。不過還是姑且量一下體溫吧。」

花火遞來了體溫計，芽玖瑠見狀後緩緩把它夾到了腋下。

花火露出苦笑，低頭看著坐在床上的芽玖瑠。

「昨天嚇了我一跳呢。因為芽玖瑠妳叫我，我過去一看發現妳倒在那裡。本來還以為是喝多了，結果妳竟然說是流鼻血還有發燒。」

「真丟臉……給妳添麻煩了。」

「是無所謂啦。和乙女的酒會有那麼厲害？」

「已經不是厲害可以形容的了！」

昨天頭暈眼花，根本沒體力說感想，但是芽玖瑠心裡有滿滿想說的話。

「小櫻她，在這個距離，這、個、距離！這裡！在這裡對我笑耶！有這種事？沒有！」

「不就是有嗎？」

「喝醉的小櫻，真～的好可愛應該說美麗還是說美的象徵那已經是國寶了總之很厲害是說妳沒見過喝醉的小櫻吧對吧正常情況下媒體不會報那種東西吧要是報了的話就糟了她的美肯定會讓國家滅亡吧就是現代版的傾國傾城不覺得很不妙嗎很不妙啊啊啊太喜歡了胸口好難受這已經超越戀愛是真愛。」

「唔——芽玖瑠啊。妳的病才剛好，說到這裡就行了。晚上還有工作呢。」

聽到花火冷靜的一番話，芽玖瑠頓時停下了動作。

就這樣，她緩緩湧起了真實感。

為了將注意力移開，芽玖瑠拿出了體溫計。

退燒了。已經不燙了。

熱量消散了。

她吐出一口氣，重新面對現實。

芽玖瑠喜歡聲優。

她對包括乙女在內的其他聲優抱有相當強烈的感情。

她有著不禁會一邊興奮一邊說話的熱情。

她深深地感受到，這個——對聲優來說是個礙事的感情。

她一直在思考這件事。

昨天一天發生的事情，說不定成為了她在心裡下定決心的契機。

和乙女獨處，是因為她當時很消沉。

另外，也是為了捨棄以前的自己。

「——嗯。我不再做這種事了。」

「芽玖瑠？」

敏銳的花火發現芽玖瑠的語氣變了。

芽玖瑠露出苦笑，繼續說道：

「我因為憧憬著聲優而成為了聲優。這份憧憬如今依然沒有消失。但是，我已經是職業聲優了，我體悟到自己應該貫徹在職業的路上。就是因為我一直抱著粉絲的心態，一直沒有做好覺悟，所以才依然這麼天真……結果導致了試鏡的那個態度。無法拚命的原因。」

「……………」

花火變得面無表情，不發一語地望著芽玖瑠。

也讓花火擔心了。

她分明知道再這樣下去是不行的，卻還是一直在身邊等著自己。

為了讓花火——讓美咲放心，芽玖瑠也必須做出這個選擇。

芽玖瑠向花火露投以微笑。

「我已經不當粉絲了。要畢業了。我要作為柚日咲芽玖瑠活下去。聲優扮家家酒已經結束了。」

聲優粉絲藤井杏奈，與身為聲優的柚日咲芽玖瑠。

她一直無法將二者分開，身為粉絲的自己在礙事，導致她無法全力挑戰試鏡。

與其自己去配音，由其他人飾演會更讓自己開心。

既然會這樣想的自己在礙事，那就必須將其割捨。

因為，芽玖瑠已經是職業聲優了。

這樣一來，下次一定能在試鏡時戰鬥。

能去面對喜歡的聲優們，互相爭搶椅子。

這樣子，她才總算站在起跑線上。慢了別人一圈才開始。

如此理所當然的事情，芽玖瑠以前一直沒能做到。

她意識到了只靠聊天是無法存活下去的。

她要像以前那樣鍛鍊聊天力，同時全力爭搶角色。

與其他聲優戰鬥。有這麼做的必要。

為此，她必須捨棄礙事的東西。

花火靜靜地聽著芽玖瑠的告白。

「唔——……」

花火閉起雙眼，擺出複雜的表情用力搔著頭髮。

芽玖瑠本以為她會為此高興。

但花火的態度不乾不脆。不久，她深深地吐出一口氣。

「嗯，該怎麼說呢，妳現在就稍微再休息一下吧。畢竟有可能會再發燒。」

她拍了拍芽玖瑠的肩膀，敦促她躺在床上。

芽玖瑠覺得已經退燒了，自己沒有問題，但既然對方都這樣擔心，便聽話地躺下。

不會再因為自己的推而高興得忘乎所以。

也不會像這樣發燒。

要說不寂寞的話是騙人的，但放棄也很重要。

芽玖瑠思考著這些事情，就像是要逃避現實那樣，墜入了夢鄉。

「皇冠☆之星」的電視動畫開始錄音了，但是芽玖瑠她們要等到後半才會被叫過去。

動畫從偶像候補生組成「獵戶座」開始。

競爭對手小隊「貫索四」在後半才會登場。

身為小隊成員的芽玖瑠等人也會在那時登場。

那天要錄的是「貫索四」第一次擋在「獵戶座」前面的一集。

芽玖瑠隨著花火一起走進錄音室後，頓時發現由美子已經在了。今天她穿著制服。

她和看似工作人員的人愉快地聊著天。

由美子注意到芽玖瑠她們之後，表情一下子亮了起來。

「花火小姐和小玖瑠。早安——」

她大力揮手，露出親切的笑容。

若是以前的芽玖瑠，那毫無防備的笑容與天真無邪的模樣，想必就足以讓她神魂顛倒。

「嗨，小歌種。早～」

花火也帶著笑容回應了問候。

接著，芽玖瑠也壓抑自己的心，開口說道：

「嗯。早。請多指教。」

她簡短地丟出這句話。

態度明明和平常沒有太大不同，但由美子還是露出了匪夷所思的表情。她微微歪頭。

「小玖瑠，妳給人的感覺好像變了？」

「剪頭髮了。」

芽玖瑠隨口回了一句，從旁邊穿過。

由美子立刻反駁說「騙人～那樣的話我會注意到啦」。

聽說由美子只要見過一次說過話，就幾乎不會忘記對方的臉。難不成她的記憶力也能活用在這種情況下嗎？

芽玖瑠裝作沒聽見由美子的聲音，走進錄音間。

該處只有穿著制服的千佳，她正把目光落在劇本上。

「早安。」

「嗯。」

千佳本打算起身，芽玖瑠對她擺手，表示不用。

千佳老實地重新坐好，繼續將視線落在劇本上。

柔順的頭髮在晃盪，她優雅地看著書的模樣就好像是個文學少女。

宛如不會說話的美麗雕像，如果是之前的芽玖瑠，也許就忍不住偷偷瞄過去了吧。

芽玖瑠回以枯燥無味的問候之後，隨便找了張椅子坐下。

沒有任何奇怪之處，這是極為普通的錄音前的景象。

「唔唔——……」

芽玖瑠取出劇本後，花火在旁邊開始唸唸有詞。

不知為何，她露出難以言喻的表情看著芽玖瑠這邊。

「什麼？怎麼了？忘了東西？」

芽玖瑠這樣詢問後，花火的表情變得更奇怪了。

「不是那樣……不對，那個——……該怎麼說才好呢……」

她平常講話都很直接，現在這樣實在罕見。

感覺好像在尋找合適的措辭，將手指抵在額頭上連聲沉吟。

雖然不知道她想說什麼，但如果沒有提示，芽玖瑠也束手無策。

正當芽玖瑠默默地等著她繼續說時，錄音間的門打開了。

「早安！」

活力充沛且宏亮的聲音響徹錄音間。

是結衣。

她似乎也是放學後就過來，穿著黑色水手服，披著繡有貓咪的刺繡運動服。

結衣很有禮貌地向芽玖瑠與花火打過招呼之後，以絕佳的狀態向千佳露出滿面的笑容。

千佳正打算悄悄走出錄音間，卻移動到途中就被抓住了。

「夕陽前輩——！早安——！」

「咕呃。」

她被結衣從後面一鼓作氣抱住了。

「為什麼想逃啊——！我們難得才見面的！妳要去哪啊？廁所？打招呼？那我也一起去！沒錯，就算是去深淵我也一起！」

「高橋小姐……擒抱也是，不要這樣做……但妳不知為何總是講不聽……」

千佳放棄逃跑，回到座位上，結衣則是抱著她就這樣被拖了過去。

與此同時，包括由美子在內的其他成員也進入了錄音間。

「今天感覺很吵鬧呢～」

語氣很悠哉的這個人是飾莉。

她看到芽玖瑠後，就不動聲色地靠了過來。

「妳好，柚日咲小姐。久違了～」

「也沒那麼久沒見吧。」

芽玖瑠雖然這樣回應，但之前在上課經常會見面。

就算只是稍微隔了一段時間，確實讓人感覺很久沒見了。

飾莉聳了聳肩，以周圍的人聽不到的音量繼續說道：

「因為柚日咲小姐不在，這邊整個亂成一團呢～妳們那邊似乎很順利，真好啊。」

很難判斷她是開玩笑還是認真的。

看來飾莉不會像以前築起那麼高的牆，不知道她過得順不順利。

正當她們有一句沒一句地聊著時，最後是乙女進來了。

「啊，姊姊！早～」

由美子開心地湊了過去。

就像是搖著尾巴的小狗。

乙女看到由美子之後也露出開朗的表情，但立刻換上了調皮的笑容。

她擺出奇妙的姿勢，迎擊由美子。

「哎呀，小夜澄。現在我和小夜澄可是敵人呢。不可以這麼親密喔～」

「哦？是這種感覺？既然妳有這個意思，那我也要認真起來嘍？」

由美子也配合她奇妙的情緒。

兩人似乎都情緒高漲，一直在進行溫馨的嬉鬧。

可以感覺到她們的關係真的很好。

「……？」

正當芽玖瑠看著她們，突然感受到視線從旁邊而來。

是花火。她又在目不轉睛地盯著芽玖瑠的臉。

「怎麼了？」

「……沒有。我只是在想那兩個人關係真好。」

「嗯。是啊。這是好事吧？」

即使芽玖瑠回了話，花火依然是一副沒有釋懷的樣子。
總覺得她今天的態度好像很奇怪。晚點再問問她吧。
在芽玖瑠這樣想的時候，由美子她們的嬉鬧也結束了。
乙女與由美子就座。
「乙女前輩，妳和夜夜前輩的感情真的很好呢！」
結衣天真無邪地這樣告訴乙女。乙女便莞爾一笑。
這邊充滿了柔和的氛圍。
另一方面，那邊不知為何沒這麼順利。
薄荷、飾莉、千佳依序對由美子放話。
「歌種小姐，妳鬧過頭了。連我都覺得不好意思。請有點節制。」
「就算有感情要好的人在場，妳也興奮過頭了吧～？很讓人不安呢。」
「就是啊。跟這種人在同一個小隊裡，連我們都會丟臉。」
「……我們這邊對我的態度也太差了吧？還有，唯獨不想被夕這麼說我。」
「等等！為什麼只提我的名字！」
這次是由美子與千佳開始吵鬧地爭論起來。
薄荷用傻眼的眼神看著她們兩人，對飾莉搭話。
「我們班上的男生也是那種感覺。就算是高中生也會那樣嗎？」

「哎呀～應該是那兩個人比較特殊吧。」

雖說發展到口頭爭吵的只有由美子與千佳，但其他人講話也滿不友善的。

不過，感覺氣氛並不會很糟。

芽玖瑠很在意纏如果在場會變成什麼狀況，但遺憾的是，纏不參加這次的錄音。

錄音就這樣繼續下去。

寬敞的錄音間裡立著三支麥克風，在其後列著螢幕。

後方像是圍起來那樣將椅子擺成一圈，聲優就坐在上面。

更後面則是控制室。

在音效指導與其他工作人員的守望下，聲優們開始詮釋角色。

螢幕上顯示的是草稿階段的畫面，但聲優會對照著上方的計時器進行配音。

計時器、劇本、畫面。視線忙碌地移來換去。

現在是乙女、千佳及薄荷三個人站在麥克風前，芽玖瑠等人在後面看著她們。

螢幕上顯示出來的，是艾蕾諾亞‧帕卡第一次登場的場景。

那是艾蕾諾亞在演唱會會場與千佳飾演的和泉小鞠、薄荷飾演的瀧澤美見相遇的場景。

「等、等一下，小鞠！看那個！」

「……唔。怎麼啦，瀧澤小姐？哇，等一下，別拉我啊。」

芽玖瑠心想。

夕暮夕陽果然很高竿。

就算不是重要的臺詞，但舉凡細微的呼吸、疑惑的聲音、略帶著急的語氣等等，每一項都彰顯了她演技的精湛之處。

不愧是夕姬，怪不得能擔任「Phantom」的主演。

這時，芽玖瑠的視線忽然移到旁邊。

因為她不禁好奇，千佳的勁敵歌種夜澄現在是什麼表情。

「────」

她的表情比任何人都認真。

簡直就像自己在表演似的，聚精會神地盯著千佳。

那耀眼灼熱的雙瞳，投入的表情讓芽玖瑠差點看出神。

結衣也同樣用閃閃發亮的眼神看著千佳，但兩者有所不同。

芽玖瑠再次覺得，她們倆真的是勁敵。

然而，她慌張地把視線重新看向前方。

因為，到了乙女第一次出聲的場景。

「──唔。啊，妳們是『獵戶座』的女生吧。初次見面，我是艾蕾諾亞．帕卡。妳們認識我嗎？」

「……………………」

大腦好像要麻掉了。

芽玖瑠露出奇怪的笑容。

她忍不住看向花火。花火也看著這邊，而且還是同樣的表情。

她們心想「啊，原來會這樣演啊」。

芽玖瑠與花火最關注的就是乙女的演技。

『是說小乙女的角色。如果是芽玖瑠的話會怎麼演？』

『咦——……？這個嘛，老實說這個很難呢。總之就是用自己最漂亮的聲音……再來，就是冷靜的感覺？』

『感覺就是很成熟那樣吧。不，也對啊……說是高壓感也不太對。不過，這樣的話。』

『嗯……』

艾蕾諾亞．帕卡在作品當中被稱為究極偶像，被描述成完美的角色。

所謂完美就是沒有弱點，艾蕾諾亞也不會特別玩什麼花招。

也沒有古怪的地方，這角色單純就是個「完美且冷靜的偶像」。

某種意義上，沒有特徵。

假如直接去演，就會變得沒有個性。這角色有這樣的危險性，索然無味。什麼也無法留

下。

話雖如此，能下工夫的範圍也不大……就是個令人如此煩惱的角色。

但是，乙女在這裡添加了調味。

臺詞沒有改變，聲線也維持原樣，然而，確實能讓人感覺到其深處蘊藏著一股魄力。威懾感。

她十分自然地表現出了排山倒海的氣場。

如果是芽玖瑠和花火，就無法呈現出這個級別的配音。

只能不斷反省，為了能在下一次活用而不斷煩惱。

雖然出現了個人該反省的問題，但錄音進行得很順利，在時間差不多的時候開始休息。

『那麼先暫時休息，重新開始的時間是……』

控制室才剛給出休息的指示，緊繃的空氣便一口氣緩和下來。

有人走出錄音間稍作喘息，有人留下來開心地閒聊，有人在確認劇本，每個人都有所不同。

「小飾莉～一起去上廁所吧。」

「唔哇，小夜澄真像女高中生～不要製造那種氣氛啦。」

飾莉雖然講話比較不友善，但還是跟由美子走出了錄音間。

芽玖瑠看著她們，這時身旁的花火深深地吐出一口氣。

她來回翻著劇本，重看乙女剛才的場景。

「原來小乙女會用那種感覺演啊。真了不起。我還遠遠輸她一截呢——唔唔……」

她用只有芽玖瑠能聽到的音量如此呻吟。表情顯得很扭曲。

因為那個反應很教人意外，芽玖瑠不禁詢問。

「妳看起來好像很不甘心啊。」

「當然不甘心啦。畢竟那是我無法辦到的表現方式。雖說我早就知道了，但小乙女果然很遙遠啊。」

花火邊苦笑邊搖頭。

仔細想想，以前花火說她「曾」將乙女視為勁敵。

不過，她也說過現在實在不好意思說這種話。

儘管芽玖瑠不太能理解這種感情，但同期好像就是會意識到對方。

實際上，秋空紅葉與櫻並木乙女就曾將彼此視為勁敵。

很大的原因八成是她們走紅的時期重疊，但芽玖瑠知道存在著這種關係。

只是，花火和芽玖瑠脫隊了。

面對乙女那種在第一線奔馳的聲優，芽玖瑠能理解「曾將小乙女視為勁敵呢……現在實在不好意思說這種話」的這種想法。

可是，花火現在就在做這種事。

芽玖瑠問了理由，花火便環著手臂回答。

「因為拉開了差距，應該說，差距實在太大了啦。話是這麼說，要我不去意識到這點也很奇怪。畢竟是同期啊。我也想好好努力，盡可能地追上她。啊，這大概是受到小夕暮她們的影響吧。」

花火有些難為情地笑了。

夕暮夕陽與歌種夜澄無比在意著對方。

儘管演藝經歷不同，但可以說是彼此的勁敵。

意識著彼此，想追上對方，想超越對方。會這樣想確實是良好的關係。

花火似乎是受到這點感化了。

「哦……」

芽玖瑠沒來由地有了點想法，便挺起身子，走出錄音間。

這時，由美子與飾莉正好回來。

「歌種，可以借一步說話嗎？」

「我？怎麼啦？」

芽玖瑠對由美子搭話後，她便開心地湊了過來。芽玖瑠指著房間的角落要她過去。

芽玖瑠本打算跟飾莉說一聲再去，但飾莉很快地穿過她旁邊。

飾莉在芽玖瑠的耳邊開心地低語。

「又要說教嗎～？」

「少笨了。」

飾莉似乎露出似笑非笑的表情，就這樣回到了錄音間。

芽玖瑠與由美子一起移動到角落後，開門見山地問了想問的事情。

「歌種，妳喜歡夕暮對吧。」

「啥？啥、啥啊……？什麼意思？妳在戲弄我嗎？怎麼可能啊。」

由美子原本笑咪咪地跟了過來，突然就臉紅起來，露出不悅的表情。

芽玖瑠不由得露出疑惑的神色，但她立刻想到了理由。

仔細想想，這些後輩非常麻煩。

「我的說法有誤。演技。我說的是演技。妳喜歡的『是』夕暮的演技吧。」

「啊，是這個意思……？」

由美子鬆了口氣，臉上表情變得很尷尬。

她用手指搔著臉頰，偷偷移開視線。

「嗯，是啊。喜歡。我喜歡她的演技。還有，就是臉和聲音和歌聲之類的。」

我沒問那麼多啊。

機會難得，感覺稍微欺負一下也行，但休息時間有限。

她趕緊問了想問的問題。

「雖然是自己喜歡的對象，但妳輸掉的時候會覺得不甘心嗎？」

聽到這個問題，這次換成由美子一臉疑惑。

「這兩件事沒關係吧？當然會不甘心啊，就算是喜歡的對象也是……不對，正因為喜歡才會這樣吧。因為是輸給最不想輸的對手。這是兩碼子事。」

「……哦？」

聽到由美子的語氣變得很嚴肅，芽玖瑠理解了她的意思。

「喜歡」和「不想輸」可以兩立。

不僅如此，正因為喜歡，她才會強烈地覺得不想輸給對方。

因為是自己認可的對象，因為是喜歡的對象。因為那是最大的勁敵。

有這樣的關係，也有花火那種關係。

花火展現出來的那種對同期的競爭意識並不少見。

至少，紅葉、乙女與花火都各自抱有這種想法。

正因為是相近的存在，所以才不想輸，所以才不想被超越。

芽玖瑠能夠理解這種心情。

那麼，自己呢？

對既是同期也是搭檔的花火，就沒有那種想法嗎？

會發憤圖強，對乙女和紅葉湧起「不想輸」的念頭嗎？

她一直以來都在否定這一切。

這個理由一定是——

「啊……」

到頭來，自己根本沒有站上戰場。

自己並不認同柚日咲芽玖瑠是名聲優。她沒有站上屬於聲優的戰場。

所以，即使輸給花火及乙女，也不會覺得不甘心。

反而會感到開心，認為她們比自己更適合。

「？怎麼啦，小玖瑠？」

「沒事。我只是在想，自己一直都在視而不見。這樣簡直就是一年級生。」

聽到芽玖瑠那宛如自言自語般的話語，由美子更是感到不解。

淨是些會覺得真的早該領悟的事情。

芽玖瑠與由美子一起回到錄音間後，這次是乙女自然地坐到了旁邊。

她露出開心的笑容，把嘴巴湊到芽玖瑠耳邊。

「小玖瑠，上次一起喝酒很開心呢。下次再去吧。」

「…………」

如此高的火力，若是以前的自己肯定已經被擊落了。

這個人實在是……對自己散發了過多的魅力毫無自覺。

芽玖瑠忍著嘆息，反射性地打算回些客套話。

但是，她在說出口前改變了想法。

「說得也是。下次再一起去吧。」

說不定還有機會再去。芽玖瑠這樣心想，如此回應。

芽玖瑠之所以會斷絕與聲優之間的交流，是因為若不築起高牆就會忍受不了。是為了不表露出藤井杏奈的一面。

但是，芽玖瑠心中已經沒有身為聲優粉絲的杏奈了。

也許有一天，自己可以正常地與她們接觸。

聽到芽玖瑠的回答，乙女不知為何驚訝得眨了眨眼。

她搖曳著長髮，窺視著芽玖瑠。

「小玖瑠，妳好像沒精神耶？」

是反應跟平常不一樣嗎？

還是說，自己真的沒有精神呢？

芽玖瑠不太曉得。

「不。這樣才正常。這樣才正常喔，櫻並木小姐。」

她就像是在說給自己聽一樣，將感情加了蓋封了起來。

某天夜晚，花火來到芽玖瑠的房間喝酒。

桌上擺著在超市買來的熟食和簡單煮好的下酒菜，兩人小口喝著酒吃著菜。

她們是做好了睡覺的準備之後才集合的，所以要是想睡可以直接躺平。

明明房間就在隔壁，花火依然經常來住芽玖瑠這邊。

「好想來點好久沒吃的披薩、薯條和零食之類的，在家墮落地喝酒啊。」

「都說在減肥了。先等演唱會結束吧。我不想要皮膚變差。」

「好遙遠啊。」

花火大口吃著馬鈴薯沙拉，同時露出不滿的表情。

或許是因為芽玖瑠最近很在意她的體重，所以累積了不少壓力。

話雖如此，如果要奉陪吃東西也不會胖的花火，芽玖瑠的努力就會化為泡影了。

真不公平。

墮落的酒會要暫時保留，現在只能一直啃著毛豆。

不過一碼歸一碼，就算只是喝著酒閒聊也很開心。

「花火，演唱會結束後要不要去泡個溫泉？」

「啊——……不錯耶……好想悠哉地泡個溫泉啊……」

「對吧。我們一起去吧。最近我雖然覺得可以跟其他人來往，但果然還是跟花火兩個人

在一起最好。」

她喝光了罐裝調酒，長吐一口氣。

與芽玖瑠的態度改變相同，與人交往的方式或許也會隨之改變。

儘管她有這種感覺，但到頭來還是與合得來的人度過悠哉的時光更加開心。

花火肯定也是一樣吧。

但是，花火卻不知為何擺出奇妙的表情望著這邊。

她沒有附和芽玖瑠說的話，而是指著手機。

「芽玖瑠，高中生廣播應該已經更新了吧？」

「唔？啊——……對耶。」

經她這樣一說，芽玖瑠想起了這件事，開始操作手機。

如同她所說的，在幾個小時前更新了最新的一回。

雖說沒有必要急著聽，但既然提到了就播一下吧。

正當芽玖瑠緩緩打開頁面，花火喃喃說了一句。

「芽玖瑠，妳最近不怎麼玩手機了呢。」

「嗯？啊，是啊。或許是這樣。因為我現在很少看社群網站。這部分的時間會花在電視和廣播上面就是。」

她放棄了只靠聊天存活下去。

但是她的聊天力獲得了好評，這點毫無疑問。所以會繼續鑽研下去。

所幸從事粉絲活動的時間整個消失了，所以她時間上相當充裕。

芽玖瑠觸控著手機，隨即傳出耳熟的聲音。

『夕陽與──』

『夜澄的──』

『『高中生廣播──』』

並不是特別有精神，甚至可以說情緒很低落，節目就這樣開始了。

以前的芽玖瑠很喜歡她們這種開場的方式。

甚至會忍不住偷笑。

但是，現在芽玖瑠只是默默地聽著她們的對話。

隨後，花火把臉湊向這邊，目不轉睛地看著芽玖瑠。

「怎麼了？」

「芽玖瑠，妳看起來很開心嘛。」

「咦？啊──嗯……因為我聽得很認真……」

結果，這也是進修的一環。

聽各式各樣的廣播，讓自己的節目變得更好。

並非是為了享受這份樂趣而聽的。

芽玫瑠這樣解釋之後，花火更是愁容滿面。

她反駁芽玫瑠的說法。

「妳之前明明那麼開心。聽著小歌種和小夕暮的每一句話在那邊偷笑。像自己的來信被唸到的時候，還會興奮地滾來滾去。」

「我已經從那種事情畢業了啊……我說過了吧。這樣才正常。只是以前奇怪而已。況且我現在也不寄信了。」

身為粉絲的杏奈已經不復存在，自己只是作為聲優去聽聲優廣播。

夕暮夕陽也好，歌種夜澄也好，櫻並木乙女也好，現在都只是工作上的同伴。

完全扼殺感情居然意外地輕鬆，拜此所賜也不用再受苦了。

雖然還沒參加試鏡，但肯定已經沒問題了。

這明明是花火也希望看到的芽玫瑠，但是花火的表情卻悶悶不樂。

她在不滿什麼呢？

氣氛變得尷尬，只有高中生廣播的聲音在迴盪。

「該怎麼說呢……不對啊，不對啦——……」

花火抱著頭發出呻吟般的聲音。

她使勁搔著頭髮，然後突然站起來。

「我回去了。」

「啥？為什麼？」

「我需要聯絡一下別人。抱歉，麻煩妳收拾了。下次會設法補償妳。」

趁著芽玖瑠還愣住的時候，花火迅速地離開了房間。

芽玖瑠不知道該如何回應，只能茫然地目送她離開。

花火是第一次表現出那種態度。

「什麼啦……」

芽玖瑠本想追上去，但她自己也同樣感到困惑。

她無奈地趴在桌上，聽著廣播的聲音。

安靜下來的房間裡面，只迴盪著她們兩人的聲音。

芽玖瑠輕輕閉上了雙眼。

『啥？剛才那個太可愛了。再聽一次吧。』『好，來了超棒的～』『這種地方。就是這種地方啊。』『好，最喜歡的日本新紀錄更新了。』『心臟開始痛了。』『妳聽到剛才那個溫柔的聲音了嗎？啊？應該是世界上最溫柔的聲音吧！』『要是剛才戴著耳機我也許就死了。』

像這樣吵鬧著，拍著花火的肩膀，然後花火對自己露出苦笑，這也都是以前的事了。

芽玖瑠的嘴巴無法發出任何聲音。

『芽玖瑠？今天是自主練習的日子吧。妳要幾點過去？』

正當芽玖瑠在房間裡進行工作的準備時，花火突然打來這通電話。

芽玖瑠不明白她的意圖。是要邀請自己吃飯或是去玩嗎？

芽玖瑠沒有意氣用事，說出了預定的時間帶。

『啊——……時間滿趕的耶……我知道了，芽玖瑠。妳可以先直接進課程室嗎？在換衣服之前。嗯。我有點事情要說。』

花火說了些芽玖瑠無法理解的話。

她有什麼企圖？驚喜？可是，生日還很久……芽玖瑠像這樣感到不安，但既然花火要自己過去，也沒有拒絕的理由。

想必也不會發生什麼奇怪的事吧。

或許是因為芽玖瑠想得很輕鬆，也因此不小心被擺了一道。

芽玖瑠結束工作之後，前往課程室。

接著，按照花火的指示行動。

她走進大樓，坐上電梯，穿過走廊，前往更衣室——不對，直接打開了課程室的門。

這時，芽玖瑠睜大了眼睛。

房間本身沒什麼奇怪的地方。是一如既往、令人熟悉的空間。

這裡很寬敞，就算全力跳舞也不成問題，地板也沒有擺放任何礙事的東西。

一面牆上安裝了鏡子，逐一映出這邊的動作。

這是練習前的課程室。到這裡為止還好。

然而，房間中央站著令人意外的人。

「喔，小玖瑠。妳來啦～」

「妳好。」

「啥？……為什麼？」

這句「為什麼？」包含著各式各樣的含義。

首先，花火並不在場。

取而代之站在那裡的，是由美子與千佳兩人。

她們是「獵戶座」的成員，應該不會與芽玖瑠一起練習。

更不自然的是她們的外帽。

兩人都穿著制服。

由美子穿著焦糖色的開襟羊毛衫，白皙的腿從短裙裡露了出來。

千佳穿著白色的夏季毛衣以及飄揚的百褶長裙。領帶繫得緊緊的。

雖說芽玖瑠也沒資格說別人，但她們為什麼沒換衣服？

她們也是依照花火的指示而來的嗎？

無法理解的不只是服裝。臉也不一樣。

由美子原本柔軟蓬鬆地捲起來的波浪捲髮，現在變成了直髮。妝容也比較淡。假睫毛與美甲片這類搶眼的裝飾也拿掉了。

千佳長長的瀏海被分開，仔細地編織成辮子。因此可以清楚看到她的臉。優雅的妝容進一步加強了她清純的形象。

歌種夜澄與夕暮夕陽。這是她們作為聲優的打扮。

「什麼？這是怎麼回事……？」

芽玖瑠雖然感到困惑，但還是走進室內。

如果只是有其他人在倒還好，但她們這身奇怪的打扮出乎芽玖瑠的預料。

服裝是制服，外表則是當聲優時的樣子。

……這是非常稀有的景象。

如果是以前的芽玖瑠，或許會興奮到不能自己。夜夜和夕姬的制服穿搭！這感覺好像變身女主角的變身解除到一半一樣……！有種超級特別的感覺……！

然而，現在她對眼前這奇妙的狀況只是皺起眉頭。

總之她先要求兩人解釋，隨後兩人依序開口。

「是花火小姐拜託我們的啦。所以我才會和夕兩個人過來。不過服裝有點來不及換，想說至少把臉處理一下這樣。」

「是啊。畢竟還欠妳們二位人情。」

「……？」

芽玖瑠感覺對話好像在鬼打牆。沒有得到自己想要的答案。

她想乾脆讓花火說明一切，但最重要的花火卻不在現場。

她打算再次向兩人提問，這時由美子突然張開雙手。

「好啦，過來小玖瑠。夜夜給妳來個熱情的擁抱。」

「啥？」

對方說出了更莫名其妙的話。

從剛才開始，芽玖瑠就無法搞懂任何一件事，希望她們別繼續把狀況搞得更混亂。

芽玖瑠回望由美子，心想「妳在說什麼啊」。

她覺得自己的反應再正常不過，但這次反而是由美子露出匪夷所思的表情。

由美子與千佳不禁面面相覷。

「我們有收到這樣的訂單。」

「對啊。她說要我們這麼做。」

「啥……？到底是怎麼回事……？」

她們究竟在說什麼？難道這也是花火的指示嗎？

為什麼芽玖瑠非得被由美子擁抱？

儘管如今已經不會覺得怎麼樣，但也沒理由毫無意義地就跟她擁抱。蠢斃了。

芽玖瑠邊嘆氣邊拿出手機。

她心想「也差不多該讓本人收拾這個事態了」，畫面上顯示花火的號碼。

「好吧。那我就問花火這到底是怎麼回事——」

「來，嘿～」

當她打算打電話的瞬間，後面突然有人重重推了一把。

聽聲音就知道了。

是花火。

看樣子她打從一開始就在這個房間。八成是躲在門後面吧。

接著她不動聲色地靠近芽玖瑠，推了她的背。

芽玖瑠完全不知道她的理由，就這樣順勢向前倒。

不過，她並沒有倒下。

因為歌種夜澄的身體就在前面擋著。

「好～嘿咻。」

芽玖瑠在差點摔倒時被由美子順勢接住。

接著她沒機會抵抗，就被由美子緊緊抱住。

以前，由美子曾因為開玩笑而抱住她，但現在與當時完全不同。

這次的擁抱彷彿要將芽玖瑠包裹起來那般，非常扎實。

「啊——————」

砰。好像、有什麼東西、快要爆開了。

加蓋封起的東西差點一口氣衝出來，就快滿溢而出。

原本已經封閉起來的杏奈，差點就發出悲鳴。

被夜夜緊緊抱住，有阿宅能維持神智嗎？

不不不——等一下等一下。先冷靜點。自己就是為了不變成這樣，才遠離阿宅活動的。保持了距離，降低濃度與密度。這是為了改變，為了切割掉杏奈。

和以前的芽玖瑠不同。

如果是現在，現在的話應該有辦法忍住。

「哎呀。小玖瑠看起來沒事呢。之前明明是那樣。看來這下不好對付了。」

「啊，唔……！」

由美子愉快地笑著。那個，不要這麼近發出聲音……

不對，不要緊。不要緊的。

雖然感覺不僅臉在發燙，體溫好像也在急速飆升，但這一切都是錯覺。

由美子柔軟的身體、體溫、聲音直接傳遞過來，但根本就不算什麼。

這種互動，不過就是女孩子之間比較誇張的肌膚接觸。

別在意別在意別在意別在意。

由美子不是也說了嗎？

她說，之前明明是那樣。

這是以前曾挨過的攻擊。已經知道這種感覺。而且，防禦力還比以前高。

所以，絕不會屈服──

「夕。三明治。」

「好。柚日咲小姐，我要從後面來，失禮了。」

「──啊。」

從後面、千佳、抱了、過來。

隨著在耳邊響起的舒服聲音，她輕輕地，卻又穩穩地包住了芽玖瑠的身體。

前有夜夜，後有夕姬。

被自己的推緊緊夾在中間，三個人徹底貼在一起。

簡直就是三明治，再怎麼樣這個都太超過了。

太超過了。

由美子與千佳把手環到彼此背後，妥妥地擠壓著芽玖瑠。

如果只有一邊，說不定還能勉強忍住。

這樣一百的容許量差不多會被填充到九十五，但還勉強不會溢出。

然而，歌種夜澄從前面緊緊擁抱，夕暮夕陽從後面抱住自己。

就算是國中生的妄想都不會這麼誇張。

呈現在眼前的這副光景宛如爛到極點的白日夢，甚至讓人連說出口都怕。

要是突然被丟到這樣的情境，會怎麼樣呢？

答案很簡單。

崩坍。

潰決。

徹底瓦解！

「嗶呀——————————————————————————————！」

芽玖瑠發出連自己都會嚇一跳的奇怪聲音。

那是完全突破臨界點、情緒被摧毀得體無完膚的人所發出的貨真價實的悲鳴。

感情的封蓋被轟飛，腦袋的思緒整個亂成一團。

就像是跳進了沸水一樣。

過剩的訊息超越極限，被一口氣輸入，幾乎要爆炸了。

然而即使變成這種狀態，依然沒有得到解放。

「哇哈哈，小玖瑠好大聲——」

「我嚇到了。如果不是隔音間就糟了呢。」

或許是早就預測到會這樣，兩人都不為所動。

不僅如此，還進一步緊密地貼上身體。

笨蛋笨蛋笨蛋！妳們打算燒掉別人的腦袋嗎……！

「放、放手，放開我！求、求求妳們，放開我，救、命……！」

儘管做出抵抗，但手幾乎使不上力。有種生命力被吸走的感覺。

身體異常地火燙，心臟狂跳。視野模糊起來。

蒸氣，冒出蒸氣了。

彷彿是臨死之際看到的幸福美夢，搖晃的視野又好像永遠持續的地獄。

光是現在這樣就已經很糟糕了，但她們還進一步猛攻。

「請不要一直亂動。」

「就是呀，小玖瑠。」

「啊、等、耳朵、聲音，啊，那個，停下、啊……」

請不要在我耳邊ＡＳＭＲ……！

不行了。渾身無力，沒辦法再維持姿勢，雖然試圖抓住由美子的手，但也失敗了。

結果，她靠在了由美子身上。

加上千佳從後面不斷把身體壓過來，在耳邊低語。

這是笨蛋想出來的拷問器具嗎？這樣精神會出問題的啦！

「為什麼、要做、這種事情……？難道是不留下證據的殺人手段……？是在實驗當自己的推用三明治把粉絲夾起來殺害的時候，算不算犯罪嗎……？」

根本就是惡魔的實驗。希望她們不要這樣草菅人命。

「是我拜託她們的啦。」

這時，花火的聲音介入了。

由美子與千佳總算移開了身體，所以芽玖瑠順勢滑落，就這樣癱坐到地上。

手變得黏糊糊的，很噁心。呼吸也很急促，好難受……

花火俯視著這樣的芽玖瑠。

芽玖瑠喘得上氣不接下氣，詢問花火。

「為什麼要做這種事……啊，是要讓我習慣……？是為了讓我完全遠離聲優……不可是這樣還是有點太快了……再稍微循序漸進……」

就算不當粉絲了，從前喜歡過她們的事實依然不會改變。

而且說起來也沒經過那麼久。

一開始要更溫柔一點……像是從拍肩膀這種程度的事情開始……

芽玖瑠用昏昏沉沉的腦袋反駁後，花火露出嚴肅的表情搖了搖頭。

「不是這樣。不是這樣啦，芽玖瑠。我是想告訴妳，現在的芽玖瑠是錯的，所以才拜託

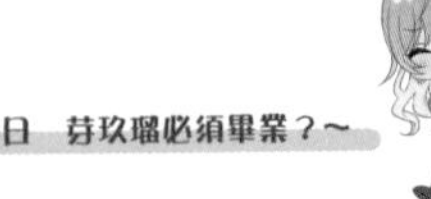

小歌種她們協助我的。」

「啥……？妳說錯了，什麼錯了……？」

芽玖瑠愣住了。

她不懂花火想說什麼。

不對，要說不懂，其實所有一切都在狀況外。

從剛才開始，就一直是這樣。

現在這到底是什麼狀況？

但是，花火自己說不定也一樣。

她用力搔著腦袋，板起一張臉大聲說道：

「很難解釋啦！雖然我不知道要怎麼形容比較貼切……但現在的芽玖瑠是不對的，感覺不對！我就是想說這個……因為，芽玖瑠看起來完全不開心。妳之前明明更加耀眼，更加雀躍的，現在卻總是露出灰暗的眼神。我不想看到這樣的芽玖瑠啊……」

「………」

事到如今說什麼啊。

真希望她別說這種話。

好不容易才開始習慣了。

明明都開始接受這種生活了。

儘管沒有巨大的喜悅，但是平穩且安逸，感情不會起伏的這種無聊的生活。

拜此所賜，自己好像能設法改變心態。工作也一定會變得很順利。

這樣不就好了嗎？因為有必要，所以才做出了這個選擇。

沒錯，因為有必要。

「……不。這也是沒辦法的吧。我要是一直像以前那樣根本不會有起色。作為粉絲的自己一直在礙事。所以我才捨棄了。我覺得這麼做是應該的，更何況現在也即將走上正軌。我根本就沒有犯錯。事到如今，這麼做根本不該被別人否定。」

芽玖瑠義正詞嚴地回話。

剛才那驚慌失措的模樣好像是假的，身體變得十分冰冷。

為什麼又要搬出這件事呢？

不管是花火還是成瀨，都否定了之前的自己。

她們指正芽玖瑠，說這樣下去是不行的。

所以芽玖瑠為了改變，捨棄了那些東西，但現在花火又說這樣是錯的，這也太過分了。

芽玖瑠狠狠瞪視花火，花火也同樣回瞪回去。

「確實，之前的芽玖瑠並不好。我也這樣想過，希望妳不要再被後輩看到令人羞恥的一面。」

「像剛才那樣？但那是花火……」

「不對！不是那樣啦。芽玖瑠，我說的是妳的態度。之前的。無法在試鏡裡拿出真本事，不禁認為其他聲優更好。我認為那個樣子很羞恥，不該給後輩看到。」

「呃……」

沒錯。沒辦法找藉口。

應該要為那個樣子感到羞恥。那是一名聲優的恥辱。

芽玖瑠認同這點。

所以才會拚命想要改變，不是嗎？

可是花火卻來妨礙自己。她主張這是錯的。

花火將視線從芽玖瑠身上移開，望向由美子她們。

「小歌種、小夕暮。我希望妳們老實回答。妳們覺得芽玖瑠作為前輩怎麼樣？」

聽到突如其來的問題，反而是芽玖瑠不知所措。

由美子與千佳也面面相覷。

然而，此時由美子把目光朝向芽玖瑠，淺淺一笑。

她愉快地開口說道：

「說實話就行了吧？嗯。我很尊敬小玖瑠，認為她是個很可靠的前輩。『奎宿九』的那個時候，真的很感謝她。再來就是，嗯──應該就是覺得她是個可愛的前輩吧。」

接著，千佳用不討喜的態度淡淡地接下去。

「我也很尊敬她。我覺得她這個人嚴以律己。在事務所裡，職業意識像她那麼高的應該也沒幾個。」

「嗯。小飾莉與小薄荷肯定也有同樣想法喔。不過，小薄荷可能會嘴硬不說出來。」

「……………」

聽到兩人的評價，芽玖瑠純粹地感到開心。

雖然開心，同時也很心痛。

她們不明白芽玖瑠抱著的問題有多麼嚴重。

只不過是在看著自己虛有其表的前輩形象。

自己不是那種值得尊敬的人。

是個徹底缺乏職業意識，仰賴著天真幻想的人。芽玖瑠想如此傾吐。

然而，花火重新面向芽玖瑠，當面告訴她。

「別人是這樣看妳的喔，芽玖瑠。說妳是個值得尊敬的前輩。有在關注的人都會看到妳的努力。這樣的芽玖瑠讓我感到很驕傲。所以我更想這麼說。如同其他前輩做的那樣，我希望芽玖瑠在後輩的心目中，也可以一直是個『受到尊敬的前輩』。」

受到尊敬的前輩。

對芽玖瑠來說，也有許多這樣的人。

芽玖瑠憧憬著她們，受到她們的指導，不斷追尋。

與此同樣的，由美子和千佳將芽玖瑠選為尊敬的前輩。

她們在看著芽玖瑠的背影。

認同芽玖瑠的人，是存在的。

不管是飾莉、薄荷、乙女、結衣、吉澤、成瀨、朝加、辻，還有花火。

以及那些粉絲也是。

有許多人在對自己喊話。

自己走過的這條路，並非只有恥辱。

但是。

正因為這樣。

「那麼……我不是更應該好好振作起來嗎？我應該捨棄身為聲優粉絲的自己，徹底做一個職業聲優才對吧。我要展現給後輩看的，不就應該是一個職業聲優該有的樣子嗎？」

到頭來，這點肯定還是沒有改變。

因為以往是錯的，所以才要矯正。

要變成不論被誰看到，都不會覺得羞恥的職業聲優。

自己應該為此付出了行動。

但是，花火重重搖頭。

仔細想想，自己說不定是第一次看到花火表現出如此強烈的感情。

她平常總是笑得很爽朗，給人游刃有餘的感覺，儼然就是個年長者。

這樣的她，在宣洩還沒有得出結論的感情，還無法好好表達的感情。

她拚命地主張，即使如此，現在的柚日咲芽玖瑠還是錯的。

「捨棄作為粉絲的自己，這樣是錯的……捨棄憧憬是錯的！是啊沒錯，杏奈是因為憧憬聲優才成為聲優的！可是，妳為了繼續當聲優，卻要捨棄那份憧憬，這是錯的……！芽玖瑠妳不這樣覺得嗎……？」

「那是……」

芽玖瑠並不是沒有想過。

芽玖瑠的，杏奈的原點就在那裡。

喜歡聲優，喜歡得無可自拔，於是杏奈將這份憧憬化為力量，成為了聲優。

可是，她現在卻打算捨棄，試圖忘卻那些東西。

她不由得感到其中有什麼重大的錯誤。

但是，她也只能無視。

希望憧憬的聲優拿到角色。

而不是柚日咲芽玖瑠。

因為只要這樣想，芽玖瑠就會永遠是個憧憬聲優的女孩子。

「芽玖瑠，妳就不能站到受人憧憬的那一邊嗎？」

「咦……？」

「妳明白吧。有尊敬著芽玖瑠的後輩。有認同妳的夥伴。也有喜歡柚日咲芽玖瑠的粉絲。妳明明早就已經站到受人憧憬的立場了。就算這樣，芽玖瑠──杏奈，杏奈妳自己就不能變成芽玖瑠的粉絲嗎？」

「……我……」

聲優柚日咲芽玖瑠。

如果杏奈能發自內心希望芽玖瑠獲得成功，這樣就是最好的。

並不是希望其他聲優拿到角色，有活躍的表現。

只要她能希望「柚日咲芽玖瑠拿到角色」。

只要她能把自己和其他的憧憬一視同仁。

像是乙女，她連那個森香織都並非抱著憧憬，而是把她視為競爭對手。

「應該沒必要捨棄憧憬吧。喜歡的聲優依然是喜歡的聲優，但芽玖瑠能覺得『想要把芽玖瑠視為推』，這才是最重要的吧。」

「依然是喜歡的聲優……」

芽玖瑠之前試圖捨棄「喜歡」的這種情感。

因為只要存在著這種心情，她就無法發憤圖強，湧起「不想輸」、「自己更適合」的這些感情。

但是，由美子等人告訴了她。

喜歡和不想輸，是可以共存的。

憧憬和不想輸，是可以共存的。

正因為憧憬，正因為喜歡，才能夠抱著不想輸的念頭堅持下去。

就像歌種夜澄對夕暮夕陽抱有的感情。就像立場對調也依然存在的那種感情。

就像乙女曾對紅葉抱有的感情。就像紅葉曾對乙女抱有的那種感情。

那種強烈的感情，化為她們的力量。

就如同芽玖瑠將憧憬化為力量那樣。

「……這樣的話……」

那麼，這種感情——

不該像芽玖瑠那樣捨棄，而是要像她們一樣背負在身上嗎？

因為，芽玖瑠——

柚日咲芽玖瑠——

和她們一樣——都是聲優。

「————————」

假如真的喜歡她們，真的憧憬她們。

是不是就應該抱著這份憧憬，去挑戰她們呢？

對自己同樣也是聲優有所自覺，意識到自己與她們站在同一塊地面。

芽玖瑠應該就這樣，把芽玖瑠視為自己的推嗎？

為了願意喜歡柚日咲芽玖瑠的粉絲。

為了身邊的人們。

而且，也是為了芽玖瑠與杏奈。

「小玖瑠。」

聽到由美子搭話，芽玖瑠轉向她。

由美子和千佳都用稀鬆平常的態度開口說道：

「我們從花火小姐那裡聽說了，在烤肉的時候也聽過了，但老實說我還是半信半疑。小玖瑠無法在試鏡發揮實力～什麼的。感覺這種事情最容易讓妳發火嘛。」

「是啊。妳會說那樣根本算不上職業的。如果是訓斥後輩倒另當別論，妳居然會被訓斥。我甚至還以為是自己聽錯了，誤會了，昏了頭呢。」

由美子邊聳肩邊說。千佳則是淡淡地說。

兩人說得都很乾脆。

可以感受到她們的信賴。

她們願意相信以前的芽玖瑠。

即使芽玖瑠自己覺得虛有其表，她們所知的芽玖瑠也一定是貨真價實的。

身為前輩聲優、職業聲優的柚日咲芽玖瑠。

「芽玖瑠。後輩們都這樣說了。妳打算怎麼辦？」

只有花火用嚴肅的表情和語氣詢問。

她的意思是「現在可是關鍵喔」。

要捨棄杏奈，忘記憧憬，步上灰暗的道路嗎？

還是要背負一切，並回應後輩們的期待，挑戰憧憬呢？

『我的肩上承載著許多人的心意。願意支持我的人，事務所的人，相關的人，以及——放棄當聲優的人。櫻並木乙女這名聲優是抱著許多人的心意在前進的。我想要報答他們。』

就像一肩扛起所有心意，挑戰第一聲優這個高峰的櫻並木乙女那樣。

「啊——」

可以說是沒有選擇。

如果說，要成為讓她們、讓後輩們、讓其他聲優、讓相關人士……

以及，讓藤井杏奈能引以為傲的聲優。

剩下的路，自然只有一條。

即使那對自己來說是多麼痛苦的道路。

「這樣啊……」

芽玖瑠看向由美子。

看向千佳。

看向花火。

由美子會猶豫。花火肯定也是一樣。

這時候就拜託看起來最不會抗拒的千佳吧。

芽玖瑠走到千佳眼前，指著自己的臉頰。

「夕暮。我想鼓起幹勁。不好意思，拜託妳全力甩我巴掌。」

啪——！

從旁邊傳來驚人的聲響。臉頰頓時麻掉。

芽玖瑠沒能撐住這突如其來的衝擊，頓時踉蹌搖晃。

「那個……這樣就行了嗎……」

千佳摩擦著發紅的右手，戰戰兢兢地這樣詢問。

花火與由美子立刻發出動搖的聲音。

「毫、毫不遲疑啊……小夕暮……竟然一瞬間就甩出巴掌……果斷到爆……」

「一般就算被前輩拜託打她的臉，也不會立刻反應過來啦……竟然是最速巴掌。妳在人際關係上果然是少根筋呢……」

「我、我只是照她說的去做而已啊……！為什麼非得被妳們說成這樣啊！被誇獎就算了，妳們應該沒理由退避三舍吧！」

跳。

芽玖瑠雖然也是期待著這點才拜託千佳，但是千佳比想像中還要果決，她不禁嚇了一跳。

儘管是芽玖瑠自己要求的，但她也覺得很傻眼。

不過拜此所賜，疼痛與麻痺直接傳給了芽玖瑠。

「……不，感謝妳，夕暮。我鼓起幹勁了。我不會忘記這份疼痛。」

芽玖瑠這樣說完，三個人都同時閉嘴了。

千佳露出一副「妳看吧」的表情，挺起了沒料的胸部（纖瘦的體型其實非常有魅力）。

芽玖瑠沒有按住陣陣刺痛的臉頰，而是痛快地吐了口氣。

然後，她再次看向她們三人。

「知道了。知道了啦。我會變成不讓妳們這些後輩蒙羞的聲優。我下定決心了。我決定全部背負起來……難為情的部分也只到今天了。好好看著吧，『皇冠』的演唱會我也不會手下留情的。」

像是在虛張聲勢，像是在意氣用事那樣，芽玖瑠如此宣言。

由美子一臉滿足地笑了，千佳則是聳了聳肩。芽玖瑠將視線從她們身上移開。

她與盯著自己的花火四目交會。

「……我覺得我總算是下定決心了。雖然這條路應該會很艱難，不過把我拉進來這條路的可是花火喔。妳可要好好陪我一起走。」

花火瞪大了眼睛，然後淺淺一笑。

接著，她發出了好像在憋笑的聲音。

看到她的表情，芽玖瑠不由自主地想起花火在養成所跟自己搭話的那個時候。

說不定，終於能從那個時候踏出一步了——

「是說，我其實還滿常看到小玖瑠羞恥的樣子呢。」

「反而可以說是最常看到出糗的前輩。」

「……很煩耶。不過，這樣也沒關係吧。畢竟花火才剛說過，就應該那樣。」

「沒錯！不那樣的話，果然就不是芽玖瑠啦。」

花火這次總算爽快地笑了。

她張著嘴，一臉開心地大笑。

仔細想想，自己或許很久沒看到花火像這樣子笑了。

芽玖瑠輕輕吐出一口氣，由美子隨即湊了過來。

她用力張開雙手。

「那麼，為了提振士氣，要不要來個夜夜的擁抱？就當作紀念妳復活。」

「也加上夕姬如何？請吧，柚日咲小姐。請過來這邊。」

「……不是，那個。就先不必了……不是，我說真的。等一下！住手，不行啦，會死，會死的，妳們適可而止，給我差不多一點！啊啊啊啊啊啊——————！」

——演唱會場沉浸在恐怖的熱量之中。

演唱會前的芽玖瑠回顧著至今發生的種種事情，變得有那麼一些傷感。她心想，真的發生了很多事情。

但是，這種心情轉眼間就被吹飛了。

觀眾的熱情相當驚人。

演出成員這邊就很驚人了，但觀眾像是要呼應她們一樣相當亢奮，感情互相碰撞，在演唱會場裡爆發。

「呀——退場退場——」

跑在最前面的乙女笑得很開心。

跟在後面的三個人也氣喘吁吁地退到了舞臺邊。

「貫索四」的第一首曲子結束，「獵戶座」的曲子馬上就要開始。

芽玖瑠等人直到剛才還在臺上又唱又跳，這次輪到「獵戶座」的成員在臺上進行表演。

芽玖瑠在昏暗的後臺補充水分，同時看向螢幕。

上面映出在把歌聲傳給觀眾席的由美子等人的身影。

她們拚命表現出自己的舞步，把歌聲透過麥克風傳遞出去。

『唔——好想在觀眾席看……想看。好想看好想看好想看！為什麼我會在這裡啊……難得都來到現場了！不能去相關人士座位嗎？不能嗎……？』

如果是平常的芽玖瑠，八成會想著這種事吧。

應該會對自己只能隔著螢幕去看有所不滿，但還是會目不轉睛地看著「獵戶座」的五人唱歌的身影。

但是，她們終究只存在於螢幕上面。

視線始終就是會被熱情地盯著螢幕的櫻並木乙女吸引過去。

乙女的肩膀隨呼吸上下擺動，即使流著汗水，視線也完全沒有離開螢幕。

她的表情非常認真。

芽玖瑠這時顯現的一面並不是聲優粉絲，而是作為聲優的自己。

她在乙女旁邊站好位置，向乙女搭話。

因為她有事情想問。

「櫻並木小姐。我可以問妳一件事嗎？」

「嗯？怎麼了？」

乙女先朝這邊露出笑容，隨後又再次將視線回到螢幕上。

甚至能感覺到她表現出一種舉手投足都不願錯過的氣魄。

包括這樣的反應在內，芽玖瑠內心對她湧起一個疑問。

芽玖瑠模仿乙女，凝視著螢幕開口說道：

「櫻並木小姐，妳非常熱心地在自主練習對吧。然後，妳說過好幾次『不會輸給她們的小隊』。這點讓我覺得很不可思議。」

芽玖瑠之前以為乙女之所以會如此專心練習，是為了那個目標。

成為日本第一的聲優。

她可能是為此才會不斷努力，投入自主練習。

然而，芽玖瑠感覺到她的眼神當中寄宿著另外一股熱量。

在她說出「不想輸給她們的小隊」時才能看到那股熱量。

換句話說。

「櫻並木小姐，難道妳是真的不想輸嗎？」

芽玖瑠知道這個問題很失禮，但依然清楚地表示。乙女聽到後，害羞地搔了搔臉頰。

然後，她緩緩笑著說「很奇怪嗎？」。

「確實是這樣，因為我們並不是實際要分出高下。我想觀眾應該也不會在意。不過，現在就是這樣的構圖吧？既然這樣——我就不想輸給那些孩子。」

以前，由美子也說過同樣的話。

絕對不想輸給自己的勁敵夕暮夕陽。

她說，就算只是形式上，對自己來說也是比賽。

歌種夜澄說出這種話完全不會讓人覺得不對勁。

甚至可以說符合她的個性。

但是，同樣的發言從乙女口中說出來就感覺很彆扭。

如果對手的小隊裡面有從前的秋空紅葉，那倒是另當別論。

「……那是為了目標嗎？」

芽玖瑠確認了一下周圍，為了以防萬一小聲地這樣詢問。

乙女聽到後，臉一下子就染上了紅暈，但她笑著搖了搖頭。

「倒也不是完全沒有那方面的意思。但不想輸的理由應該是別的吧。我之所以會不想輸，是因為有小夜澄在喔。」

「歌種？這是什麼意思？」

她們倆感情很好，就像是真正的姊妹一樣。

乙女倒下的時候，最為慌張的就是為了她到處奔波的由美子。

為什麼乙女會對由美子抱著這種情感呢？

乙女的視線追著螢幕上的歌種夜澄。

「畢竟，我是姊姊嘛。不可以讓自己的妹妹覺得我很遜吧？為了能讓小夜澄說『姊姊好厲害——』，為了讓她一直說下去，我不想懈怠。不想輸。」

「…………」

為了做一個理想的前輩，為了後輩，她正在努力。似乎是這樣。

芽玖瑠不曉得乙女竟然如此重視由美子。

她差點就陷入沉默，但還有其他疑問。

於是她再次發問。

「可是，櫻並木小姐。妳覺得我們的小隊有可能會輸嗎？」

客觀來看，不可能。

不論從誰的角度、怎麼看，由美子她們都沒有勝算。

原本勝利就堅如磐石，但她們也毫不自滿，積極地參加課程。

像結衣，她明明才華洋溢，卻說「夕陽前輩肯定會練得更加完美！」，看著自己憧憬的幻影，熱心投入在課程上。

而且，有櫻並木乙女在。

很難想像她們會輸給包含新人在內的那五個人。

所以，為了那種不可能的事情做好防備的乙女看起來很不自然。

乙女露出調皮的笑容，然後把臉湊了過來。

好近。

「妳能說真的不可能嗎？」

「這……可能性當然不是零啦……」

「不是說這個啦。因為，那邊有小夜澄在啊。」

「歌種嗎……」

有她在又怎麼樣？

芽玖瑠不禁皺起眉頭，乙女見狀，笑得更加燦爛。

「我覺得小夜澄她啊，有種不可思議的力量。雖然不穩定，但是，有時候會發揮出不得了的力量，讓周遭的大人狠──狠嚇一跳。她能深深吸引人心。我很害怕那個。」

芽玖瑠也能理解這一點。

印象最深的還是「幻影機兵Phantom」的白百合喪命的壯烈演技。

讓那一集變得耀眼的人，不是大野也不是森，更不是夕暮夕陽，而是歌種夜澄。

若是當時的那種力量，在這次的演唱會裡發揮出來──

「而且啊，小夜澄那邊還有小夕陽。勁敵要聯手了呢。很可怕對吧。」

與這番話的內容相反，乙女看起來打從心底感到高興。

那兩個人平常總是互相仇視，但更是理解著對方。

她們兩人一起克服了重重困難，是獨一無二的搭檔。

芽玖瑠也非常清楚，十分了解這點。

櫻並木乙女在害怕她們那種深不可測的力量。

不對，說害怕可能有點語病。

因為，乙女就像是在由衷期待她們會發揮那股驚人的力量，與自己正面交鋒。

「可是啊，小玖瑠。我不打算輸喔。不管她們表現得多麼厲害，我都會比她們更加出色。畢竟我就是為此而努力到現在的嘛。」

乙女看著螢幕，露出了美麗的笑容。

那是受到經驗與努力的印證，飽含可靠自信的笑容。

芽玖瑠不由自主地直盯著她的側臉。

就算待在昏暗的後臺，她依然是比任何人都閃亮耀眼的偶像聲優——櫻並木乙女。

那個笑容再次朝向這邊，讓芽玖瑠嚇了一跳。

乙女開心地將臉湊了過來。

好近。

「小玖瑠，妳看起來其實也非常有幹勁啊。」

「啊……」

似乎被乙女看穿了。

確實，芽玖瑠賭在這場演唱會上的決心也很強烈。

她宣言過了，自己不會輸給由美子她們，跟她們約定要做一個受尊敬的前輩。

決定了要把柚日咲芽玖瑠視為自己的推。

雖然也有這些想法，不過還有一個。

「和櫻並木小姐一樣。我的肩上，也承載著許多人的心意。」

之前，乙女對芽玖瑠說過。

她說，自己的肩上承載著許多人的心意。

願意支持自己的人、事務所的人、相關的人。

以及——放棄當聲優的人。

前幾天，「十偶廣播」錄完了最終回。

最後一回齊聚了十位主持人，是個場面不可收拾、亂七八糟的一回，但呈現出很有最後一回風格的熱鬧氣氛。

最後順利與所有人打過招呼，一起惋惜了廣播的結束。

裡面甚至還有人哭了出來。

不過芽玖瑠看起來始終一如往常。

就如同辻所做的選擇，聽說有好幾個人都要引退不當聲優了。

共同之處，就是大家的表情都很爽朗，當面向芽玖瑠道了謝。

想必不會再見面了吧。

這點讓人感到非常寂寞，也很教人難受。

但是，不能一直消沉下去，最重要的是她們直到最後都面帶笑容。

芽玖瑠能做的，就是承載她們的心意，以聲優的身分往前邁進。

連同她們的份一起。

柚日咲芽玖瑠必須努力。

因為，她們就算身處遠方，也一定會守望著自己。

「這樣啊。」

乙女沒有繼續追問，而是露出了平穩的笑容。

在她們這麼做的時候，下一場的時間逼近了。

「好，小玖瑠。差不多輪到我們出場了。一起加油吧！」

乙女指向被照亮的舞臺，朝著那裡邁出步伐。

只要她飛奔出去，會場肯定會籠罩在剛才無法比擬的歡呼聲之中。

芽玖瑠果然還是無法想像乙女所在的「貫索四」會輸給「獵戶座」。

但是，在芽玖瑠的腦海裡，浮現出了那兩個囂張的後輩的臉。

「夕陽與！」

「夜澄的！」

「「高中生廣播！」」

「大家早安，我是夕暮夕陽。」

「大家早安～我是歌種夜澄。」

「這個節目是由碰巧就讀同一間高中，又剛好同班的我們兩人將教室的氛圍傳遞給各位聽眾的廣播節目。」

「咦——好久不見。」

「久違了。」

「會忍不住想這樣說呢。老實說，在聽的人應該覺得很莫名其妙吧。」

「其實上次連續錄了兩集。所以這次是睽違兩週的錄音。」

「因為每週都會錄音，空下一週就會感覺隔了很久呢。」

「不管是來錄音室還是見到朝加小姐，都已經有一段時間了呢。悲傷的是，只有我和夜每天都會碰面。明明是最想分開的對象的說。」

「啥？我也不想看到妳那讓人鬱悶的臉啊。感覺氣力都被吸走了。好像去哪都能看到妳，妳該不會是那種惡靈吧？」

「又來了。我真的很討厭妳這種地方。就算我是惡靈，也不會附身在妳這種吵鬧的人身上。啊～吵死了，吵死了。」

夕陽與夜澄的高中生廣播！

「這傢伙……原本就很讓人火大，因為連工作都會碰到，壓力也倍增啊。竟然不管是在學校、在錄音室、課程、在錄音間都要見到面。」

「那是我要說的。幸好上週沒有廣播錄音。因為我享受到了片刻的寧靜。我還想再稍微享受一會兒，所以妳能不能稍微安靜點？」

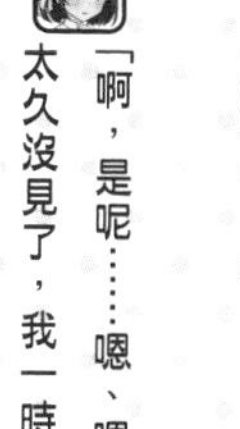

「啊？」

「啥？」

「……咦，怎麼了小朝加……就算睽違兩週，這也太突兀了？」

「啊，是呢……嗯、嗯嗯！對不起喔，小夜！因為太久沒見了，我一時太放飛自我了～不小心不小心，真是不小心。」

「不會啦，沒事的小夕！因為夜澄也很開心能跟小夕主持廣播嘛！超嗨的～！啊，也差不多該結束開場閒聊了！」

「是啊～那麼，小夜，拜託妳做平常的那個～」

「那麼，大家今天也一起度過快樂的休息時間吧。」

「直到放學前，都不可以離開座位喔。」

「好，就是這樣，我要開始唸信嘍～化名『不自由的A子同學』的來信。哎呀，A子同學應該很久不見了吧？」

「是啊。最近都沒看到……啊，所以是久違地寄了來信吧。」

Next Page!

「那真教人開心啊。『夕姬、夜夜，妳們好』早安～」

「早安。」

「『我最近有個很大的煩惱，過著沒辦法寄信到廣播的每一天。為了解決這個煩惱，我非常需要勇氣』。」

「今天的A子同學很正經呢。平常的來信感覺都很有趣的說。」

「是啊。『不過，我從二位那裡獲得了勇氣，解決了這個煩惱。二位一直在給我活力，甚至還給了我勇氣。謝謝妳們一直以來的關照』……好像是這樣。」

「……我們給了活力和勇氣？」

「這個，是指我們沒錯嗎……？這種節目不會出現那種東西啦。」

「是啊，多半都是出現相反要素的東西。不過，能稍微幫上忙的話也是好事。」

「啊——不過啊，有時候別人說的話確實能讓人發憤圖強呢。雖然不能說得很詳細，但我有個前輩一直抱著煩惱。」

「啊……那個人我也認識呢。」

「對。那個人好像也解決了長年以來的煩惱呢。」

「嗯，誰會因為什麼樣的話支撐著自己，真的是很難說呢。A子同學也是，雖然無法想像她有什麼煩惱，但我們的話語說不定打動了她。」

夕陽與夜澄的高中生廣播！

「如果是這樣的話倒是很令人開心呢。那麼，下一封。化名『天婦羅冰淇淋』同學的來信。『皇冠的演唱會終於要到來了呢。我很期待！』。」

「啊，是啊。這次錄音播出之後……應該剩沒多久嗎？我們也感覺到演唱會終於要來了呢。」

「是啊～哎呀～好緊張喔。畢竟我們為了這天一直在準備啊～受不了，每天都是課程課程課程的。」

「就是啊。也因為這樣，害我經常跟這個人見到面。在學校看到，在錄音室看到，在課程室看到，在錄音間看到。啊～真討厭。」

「啥？我的想法也一樣啊？再說——啊，抱歉，小朝加。」

「我們好好相處吧～總之，我們的演唱會就快到了，敬請期待～」

……

「是啊！終於要來了！夜澄等人的戰鬥將從現在開始——！」

「……等一下。這樣不是被腰斬了嗎？會繼續的。」

夕陽與夜澄的高中生廣播！

YUHI to YASUMI no KOUKOUSEI RADIO!

to be continued!!!!

她默默走在試鏡會場的走廊。

心臟在狂跳，手上出了些汗。呼吸也很淺。

她差點就突然笑出來。

又不是剛出道的新人。

上次在試鏡時緊張得這麼露骨，是什麼時候呢？

但是在某種意義上，這或許也可以說是出道戰。

這是柚日咲芽玖瑠第一次帶著職業聲優的意識與覺悟挑戰的試鏡。

「嗯。」

就在她緊張的時候，發現了更讓她緊張的臉。

從走廊轉角出現了一名女性。

卡其色的無袖上衣配上棕色的寬褲。她留著有品味的短鮑伯頭，隨走動而晃盪的樣子非常帥氣。簡潔的服裝進一步彰顯出她的魅力。

隸屬於習志野製作公司的老手聲優，大野麻里。

突然接觸到人氣聲優，芽玖瑠雖然內心動搖，但還是低頭行禮。

「早安。」

「嗯……？」

大野似乎沒認出向自己打招呼的聲優是誰。

這也無可奈何。

自幾年前的網路節目共同演出後，芽玖瑠就幾乎沒和大野見過面。

要是不認識的話就再一次自我介紹……正當芽玖瑠這麼想，大野注意到了。

她用爽朗的聲音回應。

「喔。是柚日咲啊。好久不見了～妳還記得我啊？」

「當、當然了。大野小姐。」

眼見大野隨和地向自己說話，芽玖瑠頓時開心了起來。

她內心不禁欣喜若狂「她居然記得我！」。

而且，大野就這樣以輕鬆的態度繼續說下去。

「怎麼？柚日咲也是來試鏡？」

「啊，是的。待會兒開始。大野小姐也是嗎？」

「是啊。剛剛錄完。」

「是『幻獸傳』嗎？」

「沒錯沒錯……」

大野原本痛快地回應，此時突然閉上了嘴。

她瞇起眼睛，開始仔細打量芽玖瑠。

怎麼了？

芽玖瑠頓時困惑，心想「是自己的打扮很奇怪嗎？」。

她無法說一句話，就這樣被盯著看，隨後大野淺淺一笑。

「哦……我啊，第一次看到柚日咲的時候，還覺得來了個弱不禁風的女孩。怎麼說，就是表情很放鬆那樣。說實話，我甚至想著這女孩不要緊嗎？」

「…………」

被對方提起新人時代的事情，不知道是該開心還是害羞。

畢竟當時還不習慣戴上面具偽裝自己，也不熟悉工作現場。

大野或許注意到了很多地方。

正當芽玖瑠不由得想移開視線時，大野輕輕拍了拍她的肩膀。

然後，很自然地這樣告訴她。

「現在的表情倒是很不錯嘛。」

「————」

怎麼會有如此溫暖人心的話呢？

巨大的動搖與確切的喜悅混雜在一起，感情強烈地爆開。

突然被人丟下一句今後幾十年都會很珍惜的話，芽玖瑠頓時什麼話都說不出口。

「再見啦。」

大野揮了揮手，準備就這樣離開。

芽玖瑠望著憧憬聲優的背影。

如果是以前的芽玖瑠，肯定會停在這一步。

但是。

芽玖瑠朝著背影喊道：

「大野小姐。」

「嗯？」

「可以問一下妳試鏡什麼角色嗎？」

「克莉斯托拉。」

大野簡短地回答之後，便在走廊的深處消失了。

芽玖瑠吐出一口熱氣。緊張變得更加昂揚，更加強烈。

就算進入了休息室，芽玖瑠的心跳仍然十分狂亂。

她感覺血液正以驚人的速度在循環。

可是，同時也有種彷彿全身都微微麻痺的奇妙感覺。

「呼——……」

她開始深呼吸。一次又一次。

應該已經不再害怕了。

已經決定要去搶椅子了。已經決定要大聲喊出，自己才適合這個角色！

已經決定不是要推其他聲優，而是推芽玖瑠自己。

已經決定留下作為粉絲的自己，將憧憬化為力量。

已經決定要成為不會讓後輩蒙羞的自己。

已經決定無論遇上多麼憧憬、多麼尊敬的聲優，自己都要正面交鋒。

就算對方是大野麻里。

因為，芽玖瑠也同樣是聲優。

——不過，果然。

就算下定了決心，如果不發憤圖強就拿不出勇氣。

一開始就算緊張也無濟於事。

所以，芽玖瑠決定開掛。

她將背靠在牆上，取出手機，打開相簿。

芽玖瑠之前就決定了，在需要莫大勇氣的時候就看那張照片。

「————————好。」

湧起了滿滿的勇氣。

那張照片是以前歌種夜澄私下幫自己做粉絲服務的時候拍的。

照片上是露出滿分笑容的歌種夜澄，以及表情徹底放鬆的杏奈。

由美子讓自己有了如此美妙的體驗。

已經沒什麼好怕的了。

被叫到名字後，芽玖瑠走進了錄音間。

眼前只有一支麥克風。

聲優要靠著這僅僅一支的麥克風，展現出自己的演技，開拓命運。

這就是杏奈憧憬的世界。

控制室下達指示，芽玖瑠的試鏡終於要開始了。

抱著適度的緊張感、偷藏起來的勇氣與堅定的鬥志，芽玖瑠大喊。

「我是隸屬於藍王冠的柚日咲芽玖瑠。飾演克莉斯托拉——」

後記

好久不見，我是二月公。

無論誰在人前人後都會有不同的面孔，而聲優也會分別使用多種面孔……這部作品經常會寫到這類故事。前幾天發生了一件事，讓我更是強烈地感受到這一點。

我常聽聲優廣播。所以，對於擔任主持人的聲優幾乎都是在廣播裡讓我留下的印象。單純就是因為聽聲優說話的時間很長。

由於是廣播節目，也有許多聲優會聊好玩又有趣的話題。

就結果來說，讓我留下有趣印象的聲優變多了。

平常聊著很多趣事的那些人，在演唱會做出驚人的表演，或是在活動中超級會控場，再不然就是唱歌或演技特別厲害的話……哎呀，雖然這樣想真的不太好，但我有時候會在感動的同時因為這種反差而驚訝，心想「這是同一個人？」。

甚至也曾想過「這些人，是把醬汁倒下來比賽、丟手帕來玩的那些人吧？」。在廣播中會露出廣播用的，在那種場合就是露出那種場合用的面孔。我想應該就是這樣，但差距實在太大，偶爾會讓我搞混。

聲優廣播的幕前幕後

感謝各位一直以來提供了有趣的話題。

然後，雖然這本書發售的時候應該已經結束了，但《聲優廣播的幕前幕後》舉辦了朗讀劇！是朗讀劇耶！真實活動！實在太開心了。

伊藤美來小姐飾演佐藤由美子，豐田萌繪小姐飾演渡邊千佳。用這種過於忠實原作的完美布陣舉辦朗讀劇。真的可以有這麼幸福的事情嗎？實在太開心了。

寫這篇後記的現在還沒舉辦，我現在心情一直都很期待。心臟好痛。

非常榮幸的是劇本由我負責，我寫得非常開心。

我現在真的很期待到時會是什麼樣的狀況。實在太期待了！

如果讀這本書的讀者當中也有人說「看過了！」，我會覺得非常開心。

真的是，對各位說再多感謝的話都不夠。

幫本書繪製了出色插圖的さばみぞれ老師，感謝您一直以來的照顧！這次封面也非常不得了呢！可愛度的火力實在太高了。

然後，是與這部作品有關的各位、閱讀了本書的各位讀者，一直以來真的非常感謝大家……！

託大家的福，我才會有如此美妙的經驗！非常感謝！

國家圖書館出版品預行編目資料

聲優廣播的幕前幕後. 7, 柚日咲芽玖瑠掩飾不了? / 二月公作 ; 陳柏伸譯. -- 初版. -- 臺北市 : 臺灣角川股份有限公司, 2024.05

面 ; 公分. -- (Kadokawa fantastic novels)

譯自 : 声優ラジオのウラオモテ. 7, 柚日咲めくるは隠しきれない?

ISBN 978-626-378-930-2(平裝)

861.57 113003080

Kadokawa
Fantastic
Novels

聲優廣播的幕前幕後 7
柚日咲芽玖瑠掩飾不了？

（原著名：声優ラジオのウラオモテ #07 柚日咲めくるは隠しきれない?）

2024年5月22日 初版第1刷發行

作　　者：二月公
插　　畫：さばみぞれ
譯　　者：陳柏伸

發 行 人：台灣角川股份有限公司
總　　監：呂慧君
總 編 輯：蔡佩芬、朱哲成
主　　編：林秀儒
設計指導：陳晞叡
美術設計：吳佳昀
印　　務：李明修（主任）、張加恩（主任）、張凱棋

發 行 所：台灣角川股份有限公司
地　　址：104台北市中山區松江路223號3樓
電　　話：（02）2515-3000
傳　　真：（02）2515-0033
網　　址：www.kadokawa.com.tw
劃撥帳戶：台灣角川股份有限公司
劃撥帳號：19487412
法律顧問：有澤法律事務所
製　　版：巨茂科技印刷有限公司
ISBN：978-626-378-930-2

※版權所有，未經許可，不許轉載。
※本書如有破損、裝訂錯誤，請持購買憑證回原購買處或連同憑證寄回出版社更換。

SEIYU RADIO NO URAOMOTE #7 YUBISAKIMEKURU HA KAKUSHIKIRENAI?
©Kou Nigatsu 2022
Edited by 電撃文庫
First published in Japan in 2022 by KADOKAWA CORPORATION, Tokyo.
Complex Chinese translation rights arranged with KADOKAWA CORPORATION, Tokyo.